创 意 写 作 书 系

TURNING LIFE INTO FICTION（SECOND EDITION）

从生活到小说（第二版）

[美] 罗宾 · 赫姆利（Robin Hemley）◎著
郑岩芳 冯芃芃 等 译
郑岩芳 校

中国人民大学出版社
· 北 京 ·

“创意写作书系”顾问委员会

献给我的老师巴里·汉纳

推荐序

罗宾·赫姆利的《从生活到小说》由美国出版行业龙头之一的Graywolf出版并多次再版。赫姆利既写虚构作品也写非虚构作品，曾在创意写作的发源地爱荷华大学担任非虚构创意写作专业主任，也是我在香港城市大学攻读创意写作艺术硕士时的导师。生活中的赫姆利对生活充满了好奇，他正是书中第一章所说的随时做笔记的作家。

本书是虚构创作的指南，以幕后故事的形式展示如何把真实生活改头换面，变成虚构作品。作者书中开宗明义地指出：虚构作品的基础是生活，但生活中的真实事件未必能成为小说的原材料。虚构作品无非有两种写法：一是基于个人生活经历进行创作，二是基于想象进行创作，而把个人生活经历融入这个虚构故事中。因此，虚构作品的关键是对真实生活进行加工。

第一章讲述了日志的作用，赫姆利认为日志可以激发想象力，催生虚构故事的灵感。他强调日志不是日记，因为日记是写给自己的，而日志是对生活的观察记录，因此记日志同时也是培养、强化观察力的过程。赫姆利以自己和其他作家利用日志的例子，详述了作家如何把观察所得编织到虚构的故事中去。

第二章关乎寻找适合自己的创作形式，是回忆录、短篇小说还是长篇小说取决于作者的能力和关注点。赫姆利指出小说与回忆录的区别在于，前者关注的是“如果……就会怎样”，而后者关注的是“事情是这样的……”。当代短篇小说的关键是人物塑造，情节围绕人物展开。短篇小说往往是由某一件趣事带来的灵感，加上作者的想象力改头换面而来，这件事可以以对话或独白的形式呈现出来，可以是整个故事里几件事中的一件。像短篇小说一样，长篇小说的构思也往往来自某一则趣闻。赫姆利在本章中从语言使用、人物刻画、场景描写等方面解释了短篇小说与长篇小说的区别。

第三章通过聚焦于真实而往往无序的生活阐述有序创作的方法。

这些方法包括选择焦点人物，尤其是恰当的叙述视角、相关联的事件及其发生的场景、时间框架、故事主题，及比喻、象征线索等。一部好作品要做到的是，通过各种聚焦方式把故事讲述得流畅而看不出使用技巧的痕迹。

第四章介绍了人物塑造的几种方法，包括以某个人物为原型略加修改而产生作品人物，将真实生活中的几个人物拼贴成一个新的人物，运用恰当的细节描写等，还谈到了基于历史人物和名人来创作小说时要注意的问题。人物塑造的关键是抓住人物外貌、性格、肢体语言等方面不同于其他人的特点。

第五章重点讲述了如何把生活中的真实事件改头换面，使其成为小说内容。首先是从身边的人和事中寻找写作灵感，然后将其加工为小说里的人和事。在创作过程中，作者要与小说中的人和事保持一定的距离，尤其是当所写的内容牵涉作者的情感时，还需从侧面而非正面叙述，使故事更具感染力。赫姆利列举了由家庭故事、新闻报道乃至梦境等改头换面而写成虚构作品的众多例子。

故事需要有发生的地点，地点在故事中可以起到重要作用。第六章介绍了如何把真实的地方写进虚构故事，如何把自己没有去过的地方写得真实可信，或者像写虚构人物那样，用几个地方的特征拼凑出一个虚构的地方。

第七章是关于如何把初稿修改成一个好故事，因为无论是多么优秀的作品，从第一稿到成品都要经历多次修改。修改也许是作者最为重要的任务，也是提高作品艺术价值的过程。为了完善故事，作者往往要做大量的功课，包括到所写的人和事的所在地观察、体验生活，也包括阅读关于这些人和事的书籍，但这些背景研究也应适可而止，相关内容要有机地融进故事中去。此外，作者需要不断调整故事的结构、叙述视角、叙述距离等。修改作品没有什么固定的规则，只能不断地试错、摸索。

第八章写的是国外作家非常注重的法律和伦理问题。这两方面的问题很难界定，一方面作家无须对听来的逸事、秘密负版权责任，另一方面作家也应该考虑到自己的创作有可能在不经意间伤害到所牵涉的人。常见的免责声明其实并没有法律效应，而事实是小说源于生活，所以有些情况下，作家免不了会与自以为是小说人物原型的人对簿公堂。赫姆利在本章中提到了可能引起法律纠纷的情况。

《从生活到小说》是一本与读者分享写作经验的书，作者在每一章中都以自己或其他作家的经历为例，帮助读者理解虚构创作的策略和需要注意的问题，同时也讲述了个人和大量作家的创作逸事、写作状态和相关作品，让读者在学习虚构创作之余也了解了许多文人趣事和作品诞生背后的故事。

戴　凡

中山大学外语学院教授、博士生导师

引　言

经验与想象：将真实生活改头换面

“你写哪种小说?”别人不止一次这样问我。

“这个问题的意思是?”我反问道。

“你写的是那种真实的小说吗?”对方接着又问道。

这种问题总是让我难以回应。我会支吾一阵，然后给出一个不尽如人意的答案：有时候，我所写的和我个人的经历有关。但是，这样的回答好像是说，我是个写心灵告白的作家。

也有人会问我，我创作的故事里是否有自传成分。我并不介意这个问题。在我看来，这与前面的问题是截然不同的。我写的是不是真实的小说，这个问题让我感到局促不安。在我看来，这个问题之所以难以回答是因为，在某些人看来，相比从未发生的事情，真实的事情——真实生活中的人真正经历过的事情——更为重要。另一方面，有时候人们想要了解事情的真实经过，是因为将经验转化为小说的过程让他们兴趣盎然。我认为这种兴趣合情合理。

曾经有人对我说，她不相信有自传式小说存在，因为如果一部作品不是完全出于想象，那么它就不是小说。这种说法之荒诞，我想我一辈子也忘不了。小说优秀与否，取决于作者的感知力和观察力，而不是材料的来源。

尽管如此，仍然有许多作家质疑带有自传性质的小说，他们认为，自传式小说在某种程度上表明了作家想象力的不足。或者认为，此类作家只能创作“一部优秀作品”，一旦完成自传式写作，他们就会耗尽自己的创造力，从此籍籍无名，再无作品问世。这种态度透露着一种自鸣得意。发表此类言论的作家实际上是说：首先，“自传式写作不是真正的写作”；其次，“我才是真正的作家。要想当个真正的作家，就得像我一样写作。就是说，要从我那高人一等、不受约束的想象力出发来写作!”

这类作家有可能会拿哈珀·李（Harper Lee）的半自传作品《杀

死一只知更鸟》（*To Kill a Mockingbird*）做例子，来说明自传式写作的隐患。直到几年前，我才知道哈珀·李仍然在世，于是我去图书馆查资料，发现据说她正在创作第二部作品。这第二部作品迟迟难以付梓，但这又如何呢？而且，即使哈珀·李一生只出版了《杀死一只知更鸟》这一本佳作，那也不是连死都不如的厄运。如果一辈子能创作这样一部好作品，我心甘情愿。

如果作家的处女作具有自传性质，与其他作家相比，他们在创作第二部作品时往往会遇到更多困难，这或许有一定的真实性，但是任何作家的第二部作品都会遭遇困难。我曾听说，几乎半数作家在处女作完成后再没出版过新的作品。

的确，作家们的处女作往往倾向于自传——标准的成长小说。如果作品里的青少年主人公愤世嫉俗，评论家会不约而同地拿《麦田里的守望者》（*Catcher in the Rye*）与之对比。哪个青少年不这样呢？我敢肯定，评论家在评论书中主要人物时，参照最多的一定是霍尔顿·考尔菲德[①]，不过《杀死一只知更鸟》的年轻主人公斯科特可能就不在参照之列了。这不足为奇。对成长的描绘是每一位年轻小说家自然而然会进入的领域，在这个已有大量作品的领域里增加自己讲述的关于生命起伏转折的故事，这也无可厚非。对大多数人来说，成长的总体经验也许没有太大差别，但每个人故事中的个性细节总是独一无二的，而优秀小说的根本恰恰在于细节。

就我个人而言，在我创作处女作《最后的斯蒂庞克》（ *The Last Studebaker* ）时，我竭尽全力避免将其写成成长故事。但是，这并不是说我的小说里没有描写我真实的生活经历。《最后的斯蒂庞克》的背景设定在印第安纳州的南本德，我在那里度过了高中时代。书中关

---

① 《麦田里的守望者》一书的主人公。——译者注。以下如无特别说明，本书中的脚注均为译者注。

于南本德的许多细节都源于我的亲身观察。

这部作品中有一个重要的女性角色，名叫洛依斯。这个人物大体上以我的一个朋友为原型。那时，一有人家处理旧货，我俩就结伴去光顾。作品中也经常出现旧货处理这样的活动。在真实生活中，我那位朋友有五个孩子；小说中的人物则有两个孩子，而且都跟我朋友的孩子毫无相似之处。小说中的孩子是两个女孩：一个 11 岁，叫梅格；另一个 16 岁，叫盖尔。这两个人物的原型分别参照 11 岁时的我和年长我五岁的哥哥乔纳森。虽然性别完全不同，但是行为很相似。

在我的书中，真实生活都是这样出现的。许多事件和人物都源于真实生活，但是都被改头换面了。在本书中，我们也将看到改头换面是基于真实生活创作小说的关键。

即使最具自传性的作品也会将事实做各种拉伸、拓展，作家会对事件进行润色或改头换面，使其符合故事发展或人物塑造的需求。即使最稀奇古怪的故事也往往包含真实生活或自传式的内容。我们需要记住的一个重要事实是：变形总会这样那样地发生。小说创作就是个人经验和想象之间的一场对话。

在写作工坊里，我时常让大家就一个故事展开讨论。有时，某些学员会评论说，某个故事片段实在让人难以置信。

“我根本不相信，就因为弗兰说迈克尔有口臭，迈克尔竟然就杀了她。”一个学生说。

“我也觉得难以置信。”另一个学生附和。

班里其他人也在点头。

每当这时，我就看向那个故事的作者，看到他脸上得意的神情，我就知道他下面会说什么。

“但这就是实情啊!”他说话的时候一副高高在上的样子，好像诡计得逞。

“是不是实情并不重要，”我尽可能耐心地解释，“别人问的问题是‘这能让人相信吗’，作家能够做的辩解中，最糟糕的就是‘这就是实情’这个借口。”

某件事情真的发生过，并不意味着因此就能写出优秀的小说。实际上，事件是否真的发生过和小说是否优秀之间没有联系，至少就故事的质量而言是这样。真实生活中的许多事情，如果写出来，会令人难以置信。另一方面，也不能因为一件事的确发生过，就把它排除在自己的创作素材之外。当然，其中的关键在于如何打造真实的材料，使之符合虚构的小说世界的具体要求。

无论创作哪种小说，将自己的真实生活经历融入其中的途径主要有两种：要么以一件自己经历过的事情为基础展开故事创作，要么创作一个基本上源于想象的故事，而把自己的生活片段编织到故事的基本结构中。也许你可以把故事设定在上一个冰河时代，你的主要角色是一头急躁易怒的乳齿象。但是，最重要的是，那头乳齿象咀嚼食物时张大嘴巴，那个样子完全就是模仿你父亲的。这样看来，每一部小说都有真实生活的基础。不让真实生活进入小说创作几乎是不可能的，即使小说里的故事跟我们自己毫无关系。

我们甚至可以看到，即使在塞缪尔·贝克特（Samuel Beckett）这样的荒诞派作家的作品中，真实生活也渗入了虚构世界。在写给朋友的一封信中，贝克特提到在公园里看一群老人放风筝，风筝飞得“奇远无比”，后来“完全看不见”。他当时不由得呆住了。“我的下一位老人或中年人（指他小说作品中会描写的下一个人物）一定是个放风筝的人。”他写道。当时，贝克特正在创作小说《莫菲》（*Murphy*），而且正如他所说，他在下一个场景中描写了一位卧病在床的老人，想象自己正在放风筝。请注意他在书信中的措辞和在小说场景中的措辞的相似之处：

“趁你还没走，”凯里先生说，“能不能把风筝的尾巴递给我？上面有些穗子快掉了。”

西莉亚走到放风筝的柜子前面，取出尾带和松了的尾穗，拿到床边。

“你说得没错，”凯里先生说，“听，外面风很大。我明天把她（指风筝）放起来，放得高高的，直到完全看不见。”

他茫然地摸索着风筝尾部的线圈。他已经摆好姿势，眼睛眯成一条缝，脚跟扎稳，对抗着向奇远之处的强大拉力。西莉亚亲了亲他，离开了。

“神灵保佑，”凯里先生说，“飞到完全看不见吧。”

我觉得这是一个绝妙的场景。你不需要对这本书有任何了解，也一定能感受到这个人物形象的生动性——一个老人卧病在床，假装在放风筝。在下文中，西莉亚去公园寻找凯里先生。在那里，一群老人正在放风筝。与很多优秀的小说家一样，贝克特将自己的真实生活经历改头换面：从最初的形象出发，拓展它，丰富它，看自己究竟能对它做些什么。

在与罗伯特·S. 布恩（Robert S. Boone）的一次访谈中，小说家安·贝蒂（Ann Beattie）说自己“从不写任何直接的自传作品，但也从不写任何不能真实反映某些情绪状态的文字。”她还说，她写小说时从不直接照搬偶然听来的对话，而是会让对话融入她的故事。“我会把在纽约市区一个饭店听到的对话用到爱荷华州的巴士站。”

下面我要讲述几个自传性的故事。

上小学时，我曾在美术课上造了一台时间机器。我宣布，我要把我当时喜欢的一个女孩安·霍尔莫斯送回过去。美术老师告诉同学们这台机器没有用，而我坚持说它有用。全班同学中，有一半人相信老师，另一半人相信我。我想他们相信我的原因是，我言语间显得对自己的发明信心十足，虽然那只不过是一个带有泡沫塑料把手的大纸盒子。终于，机器准备好了，这一天到来了。我把安扶进盒子里，拧了几下把手，然后……安回到了过去。当然，根本不可能。一分钟后，安的声音从盒子里传出来："我还在这儿。"

"不，你不在。"我说。

安从盒子里钻出来，宣布："这个机器没用。"

"看见了吧？"老师说。

"干得不错啊，白姆利。"我的一个同学说。"白姆利"是我的外号，我姓赫姆利，不知道哪个混蛋起了"白姆利"这个外号来捉弄我。这个词本身没有什么意义，但是不知怎么回事，一想起它我就觉得难为情。

老师品味着自己的胜利，问同学们从这件事中学到了什么教训。有位名叫托尼·特里姆博的同学举起了手。那天早上他还求我让他做第二个用时间机器回到过去的人，这会儿却成了叛徒。他用四年级男孩那种令人生厌的方式把手挥来挥去，急不可耐。

"托尼，你想说什么？"美术老师问。

"不要说不真实的事情。"

那一天接下来的时间里，我理所当然被大家冷落了，那一整年也没有多少人喜欢我。大家都认为，我是个傻瓜。当时，这对我的伤害或许真的很严重。但是现在，我对四年级时的自己满怀骄傲，为我在那个年纪干的其他傻事感到骄傲，比如穿着睡衣去上学，因为我和妈妈打赌不会有事。（"绅士之赌"，不用钱的，妈妈不鼓励我们赌博。）我坚持认为，我的睡衣看上去和常服一样，的确几乎没人注意到我的睡衣。唯一注意到我穿睡衣的是四年级的数学老师希尔女士，还有她的学生助理。数学测验时，我注意到她们往我这边看，还咯咯地笑。希尔女士把我叫到她的桌前，小声问我："罗宾，你穿的是睡衣吗？"

“不是，希尔女士。”

“你确定?”她又问，微微歪着头。

“确定，希尔女士。”

那时候我不太喜欢希尔女士，但现在我喜欢她。如果她想，她也可以像美术老师一样，在全班人面前羞辱我。但她和美术老师不同，她天生能够欣赏荒谬，其实荒谬距离崇高并不遥远。人们还以为培养我创造能力的人是美术老师，而不是数学老师呢。

我假如说，关于我的这两个故事并不是真的。全是假的，从来没发生过，完全没有这回事。没有希尔女士这个人。而且我的美术老师认为我是毕加索。

但是，故事不曾发生过，这重要吗?

要问的问题不是“故事真的发生过吗”，而是“故事能令人信服吗”。重要的是，假如这样的事情真的发生了会怎样，假如这与那些真实的事情有一些联系会怎样。所以当一个作家的作品面临质疑时，“但这就是实情”是一个糟糕的辩解。如果读上去不可信，那就别理它了。我是不会被这样的故事打动的。

好吧，我得承认世上有简单的好奇心这种东西存在。因此，让我来告诉你这些故事中哪些是真实的，哪些是不真实的。

两个故事都发生过，和我讲的几乎一模一样。请注意，这里的关键词是“几乎”。虚构之处在于我使用的细节。

希尔女士的确是我四年级的老师，我也的确穿着睡衣去了学校，那场对话的方式很大程度上正如我前面所讲的一样。当然，我不能给对话里的每个字做担保。如果我准备写关于睡衣事件的短篇小说，我还会编出更多细节，增强其可信度。我会告诉你睡衣的款式。我的睡衣是用某种粗布材料缝制的，而不是你们的睡衣常用的那种丝缎，上衣也许还有个领子。

美术老师那件事也是真的。我认为安·霍尔莫斯就是我送回过去的同学，虽然我没那么确定。这没关系。假设就是安·霍尔莫斯。那段对话当然是我编的，不过有些表达可能与当时的原话很相似。

没有托尼·特里姆博这个人，但有个托尼·特恩布，希望他现在还健在。托尼是我二年级到五年级时的朋友，后来我家就搬走了。

那时我的外号确实是白姆利，想起这个令人憎恨的名字，我就感到一种奇怪的刺痛。在这个意义上，我所说的自己在四年级时的情感经历都是真实的。故事的情感要真实，这比传统意义上的“诚实地讲故事”重要一百倍。

当时间机器的展示失败时，我不知道有没有人叫我白姆利。但故事写到这一刻时，“白姆利”这个外号在我脑海中一闪而过。在小说创作中，不仅细节重要，联想也很重要。不仅仅是小说家，所有的艺术家都应该有联想丰富的大脑。一个事件唤起另一个事件。在我们用来进行小说创作的素材库中，总有一些是把两个真实的细节（两件在真实生活中发生的事，或是基于真实生活的观察）关联在一起，哪怕两件事的实际发生时间间隔数月，甚至数年。这个过程也是小说创作的一部分：确定事件的先后顺序。

因此，不必真实，却仍是诚实的；不必是事实，却仍可以令人信服。

但是要记住我说过的有关可信度的问题。我说上面的故事的确发生过，这也许只是为了让你相信我。也许托尼·特里姆博和托尼·特恩布一样，都是我虚构的人物。也许我是一个不可救药的骗人精，需要心理治疗。

也许。我可不会告诉你答案。

我不是想要让你灰心丧气，或是向你炫耀我多么聪明，我只是想要表达一个意思。盖尔·古德温（Gail Godwin）有一篇文章，名为

“成为作家”（Becoming a Writer）。其中，她记录了自己生活中的一些形成性经验，并且分析了这些经验如何影响了她的小说创作。在文章结尾，她写道：

> 这里关于我如何逐渐成长为一个作家的记录是真实的。但同时，其中也充满谎言，很多谎言连我自己都没意识到。然而，在某种意义上，也许最重要的一点在于这些都是真的：除了我，谁也写不出这个。我选择讲述什么故事，我选择如何讲述这个故事，我选择不讲述什么，这些都表达了我是谁，以及我是个怎样的作家。

如果你想写作，无论是否基于真实生活，你都要乐于运用并且有能力运用你的想象力。这意味着你必须愿意冒险，愿意有时像个傻瓜。你必须愿意将经验改头换面，而不只是记录经验。如果在儿童时期，你经常撒谎、做白日梦，或是惹麻烦，你很可能会成为一个优秀的小说家。白日梦、谎言、麻烦，这就是小说的要素。

目录

第一章 日志

要理解如何将真实变为虚构，你必须具有敏锐的观察力。作为一个小说家，你要试图说服读者，让他们相信你所创造的世界具有真实性，这就是为什么日志会派上用场。并不是每个作家都记日志，这并不是必需的，但是有些作家发现日志非常重要。日志就像艺术家的素描本，能够帮他们打磨技艺、训练观察力。在参加聚会时，维克多·雨果（Victor Hugo）经常话说到一半就停下来，从口袋中拿出一个小笔记本，记下别人刚刚说过的话。一年以后，这些对话就会出现在他的最新作品中。

我们在这里讨论的不是日记，虽然很多作家都有记日记的习惯。很多人认为，弗吉尼亚·伍尔夫（Virginia Woolf）和阿娜伊斯·宁（Anaïs Nin）的日记都是艺术品。日记的主题和日志的主题确实会有一些相似之处，但在我看来，日记是关于每日生活状态的记录、某种回顾，通过按照日期记录自己的生活（理想情况下，这种记录要延续到生命的尾声）来证明自己的存在有意义。记日记当然是具有创造性的活动，但日记根本上是私密的。托马斯·马龙（Thomas Mallon）有一部关于日记的著作——《一个人的作品》（*A Book of One's Own*）。他颇有说服力地指出：日记的确是有读者的，这个读者可能是未来的自己，是亲朋好友，或者是子孙后代。

有些人可能会觉得，把自己的经验视为磨坊里待碾磨的谷物，这有些让人难以接受。而且当你回顾生活，只是为了努力思考如何将真实生活中的每一个经验用于小说创作，那么无论在情感上还是精神上，你的存在都最终会变得空洞贫瘠。要成功地书写真实生活，就有必要与之保持一定的距离。但是如果你总是保持这样的距离，你就无法充分享受生命的意义。

但是，时不时地记录一些生活细节，比如一次偶然听到的谈话、突然想起的往事或是一个梦，对写作而言很有益处。有些作家相信，如果你想不起来某件事，那这件事一定不重要。因此，他们认为记笔记没有什么用处。人各有志。但是，如果我在高速公路上看到一辆疾驰而去的水电修理车上有一条有趣的标语——“水电好，满堂彩”(A good flush is better than a full house.)①，而我那天身边恰巧没带笔记本，我就没办法记录这条精彩的标语。好吧，这听上去有些老生常谈，但是我喜欢有幽默感的水电工。也许我在小说中永远也不会用到这条标语，但这并没什么关系。对我来说，仅仅是记录下这种飞闪而过的水电工的智慧，本身就很有乐趣。

也许某一天，我会写一篇小说，里面有一个人物是个水电工。那时我就会问自己：那次在水电修理车上看到的标语是什么？三张一样的好过两个对子？不对，不是这个。幸运的是，我有一个日志本，我可以随时打开它，唤醒记忆。我在翻阅日志本的时候，也许会想到其他三四个引人入胜的瞬间或故事的构想。如果没有这个日志本，我早已彻底把它们遗忘了。

作家和日志本

从16岁起，我就一直保持着随兴记日志的习惯。对我来说，日志是对想象力的补充。最近，我听说有一位小说家从杂志上剪下人物头像，把它们贴在书房墙上，以此为基础进行人物描写。我完全赞同这样的做法。写作是一项艰巨的任务，我衷心欢迎任何能够有助于完成这项任务的做法。此外，我还情不自禁想通过想象过滤见到的一切。因此，即使我最具自传性质的创作，在某种意义上也是想象的结果。

在F. 斯科特·菲茨杰拉德（F. Scott Fitzgerald）的事业走下坡

① “满堂彩”指福尔豪斯牌（Full House），即三张同点牌再加另外一对。

路时，他不仅在笔记本中记录他的观察和思考，还有目的地着手“拆解”未发表的短篇小说，留出其中一些日后可以用在长篇小说创作中的词句、描写。这些条目都由他的秘书尽职尽责地记录了下来。拆解短篇小说供日后使用，这绝非什么不可为之事。许多作家都会从失败的小说中摘选词语或段落，以便用于以后的创作，只是很少有作家像他这样特意这样做。

奥地利作家彼得·汉克（Peter Handke）的小说《世界之重》（*The Weight of the World*）采取的就是日志形式。评论家琼·施吕特（June Schlueter）在评论该作品时写道：

> 每一个条目都作为独立的碎片化经验存在。日志中看似漫不经心的图像、观察、记忆和思想……都通过作者—叙事者的核心意识联系起来，作者—叙事者记得并创作了一个内部世界和外部世界经验独具一格的组合，将过去与现在、现实与超现实相互交织，混合着信念、思考、印象和想法。

我想不出别的比这个更准确的日志的定义了。

日志带着某种随意的性质，或者说日志应该是随意的。日志不需要像日记那样，有意为之，每日记录。记日志的部分乐趣就在于这种随意性。这是你个人的《易经》，或曰《变化之书》。只是你不需要抽签算卦，只需要翻阅笔记本。

以下条目是从彼得·汉克的《世界之重》中随意摘抄的：

> 独自一人听着洗碗机呼啦啦洗碗的声音。
>
> “你讨厌我么？”“不，我知道我能期待什么。”
>
> F模仿我笑的方式：一种不怀好意的笑声，我讨厌的笑声，我父亲就是这样笑的。
>
> 名字是荒谬的，我为什么不能用一个数字来代替？
>
> 气球消失在树顶：这就是死亡，我想了一下。

这本书的大多数章节都带着这样一种忧郁、一种自持。这样也没有什么不对。既然书名是“世界之重”，你应该能够想到自己将要进入一个什么样的故事。

艾伦·金斯堡（Allen Ginsberg）的日志也透着独有的严肃性，同时也更异想天开。在他1950年代初期和1960年代的日志中，他的思考往往带着讽刺、针砭的味道：

> 肥硕的美国人是从地上的洞知道他们的首尔的吗？①
>
> 我现在连带着良知犯罪都做不到了。
>
> “你在跟超出自己控制范围的问题做斗争，在这个行当（牙医），你必须准确判断哪些因素牵涉其中。”意思是：“我的病人从来不认真刷牙。”
>
> “在我不住在密尔沃基之后……我反而开始喜欢布拉兹②啤酒了。”

金斯堡甚至在日志中引用了卡夫卡的日记：

> 1912年2月25日——“今天开始认真记日记！每天按时写！不要轻易放弃！就算不能得到救赎，我也想要认真度过每一分钟。”

大卫·迈克尔·卡普兰（David Michael Kaplan）既写短篇，也写中长篇，他把日志作为小说创作的思想源泉。卡普兰说：“我的工作方法是记日志，天知道我记了有多久了，20年？我有满满一书架的日志。如果没有日志，我就没法写作。无论什么时候，只要有什么事情让我注意到，我觉得可能会成为一篇小说的种子，我就写在日志

---

① 灵魂“soul”，与韩国首都首尔“Seoul”音形接近，此处用双关手法讽刺美国大众对灵魂的麻木。

② 原文为Blatz，是一个总部位于密尔沃基的啤酒品牌。

里，最终其他类似的想法也会聚集起来，就像一串串的水晶一般。这些想法的来源不限，我偶然听到的对话、无意间看到的事情，或者是我从报纸上读到的，也可能是别人跟我讲的趣闻，或许这些事情本身没什么大不了的，但是吸引了我的注意力——也可能是我自己亲身经历的事情。无论如何，一切都还在脑海中漂浮，等着人去把握。我觉得，如果我不抓住它们，如果我不把它们记录在随身携带的日志本里，它们就会消逝无踪。你不会记住的。许多人可能会说，你记不住的事情就是不值得记住的，重要的、最终能够成为故事的事情总是会让人记住。但我觉得事实并非如此。从我个人经验来看，这从来都不是事实。如果我不记日志，我就无法记住那些最终能够有所拓展、能成为我作品内容的事情。”

朱迪斯·奥尔蒂斯·科弗（Judith Ortiz Cofer）是一位作家，在小说、诗歌和散文创作领域都颇有成就。她曾经记日志，但是现在不再保存正式的日志本。现在的她经常旅行，她觉得在创作过程中，索引卡更加方便实用。“我主要是在手提包里放一些索引卡，”她说，“这比笔记本更好用，因为我能够根据需要调整顺序，用不同的结构思考，不会受到连续记录的日志那种线性形式的限制。”

素材库

日志主要是我们储备素材之处。所谓“素材”，是吸引我们的注意力、激发想象力的一些事情。一切都可能触发想象，比如看到一个车牌［大卫·迈克尔·卡普兰的小说《安妮·雷》（*Anne Rey*）的灵感就来自洛杉矶高速公路上的一个空白车牌］，或者无意中听到的对话。素材是什么不重要，重要的是你的想象力因此而开启，继而迈出从现实到虚构的步伐。而且，同样重要的是，你要记下来。

苏·米勒（Sue Miller）有篇非常精彩的短篇小说，名为“爱的秘密”（Inventing the Abbotts），小说原名是“女人们的情人”（The Lover of Women），其素材源于她与前男友的一次偶遇。在1987年版的《美国最佳短篇小说》中，她做了这样的说明：

> 1983年7月，我在山里帮父亲修房子时，我们又遇见了。他曾经是我在那个避暑之地的第一个恋人，那时我才14岁。在新罕布什尔州的那个夏夜，苍蝇到处飞，我们坐在一起彻夜长谈，谈论过去25年错综复杂的生活，分享悲欢离合的感受。那天晚上，他跟我说了一个故事——他和我们都认识的三姐妹先后约会，数年后又遇到她们的母亲，她生硬地对他说：“我已经没有女儿给你约会了。”那句话那么意味深长……一直在我脑海里萦绕……
>
> 那一年我有一间办公室……后面有一个绿草如茵的大花园。在我写作《女人们的情人》时，花园里举办过几次聚会，乐队的音乐声飘过布莱托大街，飘进我的窗口，这也是推动我写作的一个因素……
>
> 即使现在看来，（这个故事）也像是一个礼物：偶遇我的旧情人，一句意味深长的话触动了我的想象力……还有飘进窗口的音乐。

改写过程

写作的关键不在于材料，而在于如何写作。一个朋友以前告诉了我一件事情，我把它记在日志里，不止一次，而是两次。我猜我已经忘记我曾写过一次了。

> 斯科特告诉我，两个不到五岁的孩子，一个白人，一个黑人，拿着一个比萨盒在波士顿社区附近跑来跑去。他们从一个人

> 身边跑到另一个人身边，不停地问："您想要一块比萨么？"然后他们就打开盒子。盒子里面是一只被汽车压扁了的松鼠。他们跑过来，捉弄站在斯科特旁边的一个人。斯科特冲他们喊道："你们这些孩子就不觉得害臊吗！"

我把这件事情用在了我的小说《装置》（*Installations*）里面，这个小说讲述的是两个人之间不大可能发生的一段逸事，他们中一个是芝加哥火车站的售票员，另一个是一名崭露头角的行为艺术家，名叫艾维。在艾维眼中，一切都是艺术。我受不了艾维这种人把一切都看作艺术，也受不了另一种人——说自己"只要事实，夫人"，以为一切与艺术无关。

我并不想自吹自擂，但是我想要介绍一下我是如何改写这一故事的。我利用了比萨饼盒里放了一只松鼠的桥段，把它扩充并增添了戏剧色彩，改写以后融入了我的故事中。在下一个场景里，我的主人公，火车站售票员，刚刚让艾维带着去参观他的首次行为艺术展，展览主题为"装置"，他不知道该怎么理解它。另外，装置展览的描写细致精准，源于我在芝加哥看过的一个真实的展览，当时我正在和一个崭露头角的行为艺术家约会，虽然她的名字不是艾维，二者的相似之处也仅限于此。但是，我没有在我的日志中记录这次展览。想想也很奇怪，我居然记得每一个细节。

> 我们走过一个白色帘幕，进入这样的场景：一间暗室，里面有全裸的一男一女，三十多岁，他们躺在房间中间，就像两条黄油棒。他们要么是已经死亡了，要么是塑胶模特。房间里播放的音乐好像是《绿野仙踪》里的某一段，多萝西和她的男性朋友们寻找女巫的城堡，士兵们一边行军一边唱："哦——哩——唉——呦。"
>
> 艾维抓着我的手，我们走近地板上的两个人。周围还有十多

个人在走来走去，像是散步，一副天下本无事的样子。我们只能走到地上躺着的两个人的五英尺外。在他们四周，摆了几百个苹果，构成了一个十字架的形状。一只破破烂烂的蝙蝠吊在他们头顶上方，翅膀打开，有六英尺那么长。一个斜斜的霓虹灯做的数字“8”在翅膀之间摇曳，发出惨蓝的光。

这就是艾维称之为“装置”的场面，而我称之为搞笑屋。

走得更近一些时，我发现他们的胸部微微起伏，女人的一根手指搭在男人的手上，轻轻战栗，眼皮微微地张合。我仔细看了看他们，想着我是否在火车上见过他们。我在想，女人的父母是否知道她是这样谋生的。

“这个男人看上去像个当兵的，只不过他现在没穿制服。”

在他们胸口，蜡烛在燃烧。幸运的是，蜡烛在罐子里，不然蜡油滴下来就有他们受的了。蜡烛的热度没准也会灼伤他们，这个我不确定。他们并不是那种充满活力的情侣。我可以想象，他们走进离我住的地方不远的“安琪驿站”酒吧，就这样如死人般坐在吧凳上，蜡烛仍然在他们胸前燃烧。安琪会给他们端几杯啤酒，觑着眼对我说：“你朋友啊？”

是，他们是装置。

我们坐火车回到贝尔蒙特，朝克拉克大街走。今天晚上，一切看上去都很奇怪：一个男人在文身店窗外等着，临街教堂传出一阵呻吟声。

艾维问我，对那些装置有什么想法。我不知道。我还没想过这个。一个全裸的男人和一个全裸的女人，蜡烛在他们胸前燃烧，你会怎么想？

“一切，”她说道，“亚当和夏娃呆滞地躺着，躺在死亡和无限之下。由禁果环绕着的十字架。”

好吧，有道理。我想。

我们在克拉克大街和贝尔蒙特街的十字路口拐了个弯。两个小孩突然跑过来，撞到我们身上。这两个孩子一个是白人，一个是黑人，都不过九岁的样子。他们当时正飞快地从百多滋甜甜圈店的停车场跑过来。

“嗨，小心点儿!”我喊着，抓住了白人小孩的肩膀。

“你小心点儿，基佬。”小孩对我说。

黑人小孩手里拿着一个比萨盒子，他微笑着说：“你想吃比萨吗?”

“对啊，你想吃比萨吗?”白人小孩也说。

黑人小孩打开盒子，里面是一只松鼠，头被撞扁了，腿伸得直直的，肚皮爆开。至少有一百辆车曾经从它身上轧过，它扁平得像一块比萨。尸体边上是一圈干硬的番茄酱。

还没等我回应，孩子们已经叫着笑着跑开了。他们截住另一个行人，叫喊着：“嗨，你想不想吃比萨？免费的哦。”

艾维从人行道上拾起一个饮料罐，朝他们扔过去。杯子、塑料盖、吸管刚才还都连在一起，现在噼里啪啦掉在三英尺外的地面上。

“你们这两个小坏蛋,”她叫着，“过来!”

艾维跑过去抓他们。白人小孩绊倒了，她跑去抓另外一个。因为距离远，路上人又多，我看不清楚。几分钟后，她笑着回来了，手里拿着比萨盒子，盒子上盖着盖子。

“你要那个干吗?”我问她。

“偷盗是最诚恳的恭维,”她说，“毕加索这么干，每一个伟大的艺术家都这么干。”

“快扔掉。”

“开什么玩笑!”

“快扔掉!”

“别命令我。我可是费了好大劲才拿到的。”

我没再说话。我烦她了。之前我还挺好奇，但是现在我烦了。我走向安琪驿站，艾维跟着我。我想，现在该她感到不自在了。很少有这样不自在的人来安琪驿站。如果真有这样的人，他们进来也会立刻出去。安琪驿站人很多，挤得就像退伍老兵休息站。

我没理艾维，径自在吧台边的凳子上坐了下来。没有空座位了，她只好站在我和另一个人之间，把比萨盒子放在柜台上。安琪看了她一眼，然后又看看我。我点了两杯快活龙舌兰，配了两杯啤酒。

“我要再开一桶酒了，”安琪说，“再点些别的吧?”

“再给我一杯牛尿?”我说，“得了，安琪，我可是讲究品牌认同的。”

“我去开一桶新酒。”她说。安琪差不多60岁，一头银白的卷发。她是从肯德基煤矿来到芝加哥的，她丈夫因为尘肺病已经去世多年。安琪的点唱机里只有低沉的乡村和西部歌曲，除了三首例外：《球迷死前的祷告》、西纳特拉演唱的《芝加哥》和《清晨的天使》。[1] 她总是把涂着红色指甲油的硬币投进点唱机，播放那三首曲子。我来驿站已经数不清多少次了，总是听见她哼哼：“叫我清晨的天使，宝贝。离开前再吻我一次，天使。”在她看来，驿站是家庭娱乐的场所，虽然我要是看到任何家族成员走进大门，肯定会吓得从凳子上摔下来。也许有蟑螂家族，或者是

① “安琪”（Angel）这个名字的英文意思是“天使”。

下水道里的鳄鱼家族，但是肯定没有任何哺乳动物家族。

安琪端着啤酒过来，艾维把她推开，说：“我不喝酒。”

“安琪，这是艾维，”我说道，“她是伊利诺伊州考迪镇的人，那里可是野牛之乡。那儿距离贝洛伊特只有十英里。”

“呸！”艾维说。

“怎么了？”

“贝洛伊特，我听着这名字长大的，它听起来就像是一枚硬币扔进马桶里。贝洛伊特……对了，我现在住在芝加哥。”

“对，她是行为艺术家。”我告诉安琪。

“很高兴见到你。”她说。

“你想吃比萨吗？”艾维问。

“不，她不吃比萨。”我说，手按到盒盖上。

“达美乐的比萨吗？”安琪问。

“那不是比萨，”我说，“那是一只松鼠。”

“松鼠。”

“对，死松鼠。”

“是意大利香肠比萨，”艾维说，“你想看看吗，安琪？”

“当然，干吗不看？”

“不，别看。”我说。我的手还放在盒盖上。

艾维朝我看过来，皮笑肉不笑，脸上挂着一副“有什么大不了”的神情。好吧，反正安琪又不是我妈妈。

就我的工作经历和其他经历而言，我不是一个容易烦躁的人，可是艾维显然让我很烦躁。不仅是她的行为，还有她的着装，窗帘一样大的橙色围巾、黑色渔网袜、金属银色的唇膏。我的生活通常挺无聊的，但是和艾维在一起时，我的感觉就像是球迷们在外面呐喊，而我却坐在马桶上。

“你吃过松鼠吗?”安琪说，“味道跟鸡肉似的。当然，松鼠身上没什么肉。”

“你会相信自己眼睛看到的吗，安琪?”艾维问道。

“几乎从来不相信，”安琪说着，身体朝她靠过去，神情专注，“有一天，一个小伙子来我这儿卖钥匙链。他有一个钥匙链，上面是一对金属小人，一男一女。他拉一下控制杆，小人就动来动去。他说，他有一车这东西，问我要不要在柜台后面放些来卖。我说：‘你四处看看，这可是家庭场所。’他说：‘你肯定想不到，人们真的喜欢这个。我见过一些老奶奶、小姑娘，都喜欢得要命。’‘没错，可这是个同性恋酒吧，伙计。’我说。‘那好吧，’他说，‘我可以把这个女人换掉，换成男人。我在一个同性恋娱乐场所就是这么干的。只要能让人感兴趣，放什么都行。’有些人就是想着吓唬人。我本来是可以叫警察的，可是我没理他。最后，他自己走了。”

“你想吃比萨吗?”艾维问。

“好啊，干吗不呢?”安琪说。

我把手从盒盖上拿开，等艾维打开盒子，但是她没动。她等什么呢？我不是疯了吧？是不是她对我洗脑了？我认识她两天了，突然之间我也想给安琪看看比萨盒里的死松鼠。

“一个物品可以有许多功能，”艾维说，“想想这个比萨盒。对你和我来说，它意味着食物。对松鼠洛奇来说，这是它最后的安息处。当你把这两个东西放一起，就会让人厌恶。为什么？因为食物和死亡是相互排斥的，对吗？其实根本不是这样。食物和死亡是密切相关的，但是我们生活在逃避主义社会中，我们漫不经心地忽视这个事实。加点儿蛋黄酱、加点儿生菜，特色菜不会让我们心烦意乱，是吗，安琪？下一次你如果参加开棺葬礼，要是看到比萨和其他东西一起摆着，千万别太惊讶。”

我嘴里有一种奇怪的感觉，舌头好像变大了。我这辈子从来没有在意过我的舌头，但是现在，突然之间，舌头硕大无比，无处安放。我试着把它放在我的脸颊边上，牙齿中间。

安琪动了动下巴。

我的舌头肿大得像充了气一般。

我还是挣扎着问安琪：“你想吃比萨吗？”

“好啊，干吗不吃？”她回答道。

我打开盒子，安琪往后缩。

她瞟了我一眼，我立刻意识到，她已经不当我是常客了。现在，我变成了另外一个酒吧故事的主角：“你还记得瑞克吗？他拿了个比萨盒子来，里面装的是松鼠。真的，而且是死松鼠。”

这是剽窃吗？我并不这样认为。我从日志里挑出一个只有梗概的逸事，并把它展开。毫无疑问，如果是你，你也会提取出比萨盒子里的松鼠尸体这个形象，但你会创作出一篇完全不同的小说。你也许会把焦点放在两个小孩身上，或者创作一个在那种情形中基于你自己的人物。

乔治·加莱德（George Garrett）既是作家，也是教师，他曾用类似的手法处理过某个形象。那是一个掉在马路中央的结婚蛋糕的形象，是他的一个学生在课堂上提出来的，学生的名字是贝弗利·古德勒姆。加莱德与广播评论员苏珊·斯坦伯格合作，邀请了23位作家，每人都以这个蛋糕形象为素材创作一篇小说。这些作家有些已具知名度，还有一些默默无闻，其中包括加莱德和古德勒姆。当然，每篇小说的核心问题都是：“马路中间怎么会有结婚蛋糕？”所有的小说都在国家公共电台播出，并且收录为一部作品选集，选集的标题，不遑多让，是“路中央的结婚蛋糕”（The Wedding Cake in the Middle of the

Road）。

真正重要的不是素材，而是你怎样处理素材。

小说写作的技巧，主要在于如何整理和利用手头的素材，不管这些素材来自自传还是其他。故事内容本身什么也不是，你所赋予这个故事的形式、你对材料的塑造才是一切。

上文提到的故事究竟来自何处？了解这个信息或许有些帮助。正如我所提到的，那个装置艺术本身是我亲眼所见，尽管在这个例子中，我不需要用日志把它记录下来。当我住在芝加哥的时候，小区里有个酒吧，名叫“凯伊的独木舟”，在吧台负责调酒的是一位很像安琪的女人。我从未深入了解过凯伊（如果吧台后面的那个女孩真的就是凯伊）：她来自哪里？结婚了没有？但是多年来，许多肯塔基的煤矿工人都搬到了芝加哥，而且其中许多人都得过尘肺病，这件事的确是真的。当我描写安琪时，我想起了这一点，所以这就是我将要赋予她的历史。

在克拉克大街和贝尔蒙特大街的交汇处，你依然能找到一家名叫“百多滋”的甜甜圈店。我想现在，那里的临街教堂应该没有了，文身店也应该没有了——这个社区有过一次改建。

另一段真实的插曲是那个卖古怪钥匙链的男人。那事也曾真的发生过，但不是在凯伊的独木舟酒吧，而是在当地一个更高档的酒吧里。我记录在日志里了。那是芝加哥一个炎热的夏日，当时是下午3点钟左右。我走进这间高档酒吧，想点杯啤酒。我正站在吧台前，无意中听到这位卖钥匙链的男人在试图劝说酒保，希望酒保同意他在吧台出售一些钥匙链。

当时，我没有记录下这段对话，但过了一会儿，我回到公寓，把它记了下来。安琪在我故事里转述的所有话，与我那天在酒吧无意中听到的那个男人对酒保所说的几乎一字不差。然而，当时发生的事情很多，并非都写进了我的故事，只有钥匙链那部分与我的故事契合。下面是我当时日志里的完整记录：

今天，空气湿度约70%。我走遍了整个镇子。当我离开南港车站时，身上都湿透了。所以我走进车站对面的“贾斯汀之家”酒吧，想喝杯啤酒，这家酒吧有着锃亮的木质吊顶风扇。在吧台后面服务的是一个老熟人，名叫卡尔。所以我坐在了吧台旁，点了一杯奥格斯伯格啤酒。卡尔和我聊了起来，但当他开啤酒瓶的时候，瓶子从他手上滑了下去，摔到地上，啤酒溅到了他的衬衫上。他说：“今天真是诸事不顺，老兄。”然后，他去了趟洗手间把啤酒洗掉。他回来后，我俩都没啥好聊的。他就拿着遥控器给吧台两边的电视机换台。

“有《唐纳修脱口秀》。”他对我说。

他把其中一台电视的声音给关了，正好是我正在看的那台。我试着把一台电视里的《唐纳修脱口秀》和另一台电视里的声音想象到一起去。脱口秀节目里的嘉宾是一对未婚夫妻，他们已经有了一个小孩，但孩子需要做心脏移植手术。另一台电视正播着一则汉堡广告，里面有几个汉堡盒子正在讲话。或者说，至少我猜那些汉堡盒子正在讲话，因为它们正上下跳跃，好像对话的样子。我听了一分钟《唐纳修脱口秀》，把那对夫妇的声音安进汉堡广告里（也许我是中暑了，我就是停不下这样的插入和替换，真是件怪事。）

广告结束后，我转向卡尔，发现他并没有在看脱口秀，而是在和坐在吧台旁的三个人聊天。离我最近的那个人胡子拉碴，长脸。中间是个肤色黝黑的拉丁裔男人。离我最远的那位穿着一件绿色的T恤，胸前印着一只小狗吉祥物，这人看起来个儿很高，也很孩子气。

“我想我就要搬去北卡罗来纳州了。”我对卡尔说，声音大到足以让每个人都听见。

卡尔转向我：“你不会在开玩笑吧！”他看起来很惊讶。

不知道为什么，我以为我之前和他提过这件事。

“哦，我在那儿找了份工作。”

“你以前去过北卡罗来纳吗?”留着胡子的男人问我。他的语气很生硬，像是在谈监狱这样严肃话题似的。

“是的。”我说。

“哦,”他喝了一口啤酒说，“我去过那儿。”

电话铃响了，胡子拉碴的男人说：“我打赌肯定是贾斯汀打来的。”

“我可烦贾斯汀了。”拉丁裔男人说。

卡尔朝胡子拉碴的男人望过去，那个男人说：“这人确实是个烦人的混蛋，但当你认识了他之后，就会发现其实他也还可以。”他边说边指了指拉丁裔男人。

卡尔起身去接电话，拉丁裔男人边笑边冲他喊：“告诉贾斯汀，那个墨西哥混蛋就在这儿呢。是啊，我可烦他了。”

卡尔拿起了电话，并把它拿到一旁的角落，轻声讲着电话。

吧台旁的三个男人互相看了看，然后大笑起来。

“一定是他。”拉丁裔男人说。

“别担心,”胡子拉碴的男人说，“卡尔可以搞定。他是个好人。”

卡尔挂了电话，又开始和那三个家伙聊天。

“你喜欢在这儿工作吗?”我问卡尔。

“嗯，挺喜欢的,”他说，“就是时间有点儿紧，我得早出晚归。”

卡尔越过我朝门口望去，一个五十来岁、穿着油腻腻褐色涤纶裤子的男人走了进来。

“有什么您需要的吗？”

“是的，贾斯汀在吗？”

“不，他六点前都不在。我能帮您做什么吗？”

“哦，我想看看贾斯汀是否有兴趣买点这个。”他从兜里掏出一个钥匙链。这个钥匙链上挂着两个金属小人，男女各一。穿褐色裤子的男人拉扯了一下钥匙链。

卡尔从男人手中拿过了钥匙链，也在手里摆弄了一下。然后他把它拿到吧台尽头给那三个家伙看。

“贾斯汀肯定会喜欢这个。”胡子拉碴的男人说。

“你开价多少？”拉丁裔男人问。

“哦，三美元一个。”卖钥匙链的男人说。他走到我和另外三个男人中间，说：“但我收你两美元一个吧。”

拿着钥匙链的拉丁裔男人笑了。胡子拉碴的男人拿出钱包，抽出两美元扔给了他。

“贾斯汀会喜欢这个的，”他说，“这是最适合他的礼物。”

“我车里还有很多，”他说，“还有谁想要？”

“不要了，够了。”胡子拉碴的男人回答。

然后他又抽出一美元，扔给那个男人。“给你，这个值三美元。”他说。

“我车里还有一大堆，”男人说道，“就在街角那儿，上千个。”

“一个就够了。”胡子拉碴的男人回答。

“但是我在想，给你拿一些，可以放在酒吧里卖。”

其他四个男人笑了起来，胡子拉碴的男人说：“不要在这儿卖，这东西不合适这儿。”

“你肯定想不到，”那个男人说，“这东西真的有很多人喜欢。我看到妇人和小姑娘们喜欢得要命。”

“好吧，可这里是同性恋酒吧。”胡子拉碴的男人说，其他男人又笑了。

“那没问题啊，”那个男人说，“我把女人去掉，换上男人。我给一个同性恋酒吧这么做过。放什么都行。”

“好啊，那我要两个日本女优和一头犀牛。”拉丁裔男人说。

“没问题，要什么有什么。”那个男人答。

“我们就要这些了，”胡子拉碴的男人说，“你还是去别的地方吧。”

男人笑了笑，起身向外走。“随便你们要什么，”他说，“好，我今晚来看贾斯汀。”

“不，不要回来。”胡子拉碴的男人说。

“好，回来吧，”拉丁裔男人说，“贾斯汀喜欢你这玩意儿。”

然后男人就走了。胡子拉碴的男人说：“你们看到那家伙的裤子了吗？我愿意给他三美元买他那条裤子。”

我喜爱这些人物，也喜爱他们的对白。实际上，我喜欢整个场景。在我看来，他们每一个都个性鲜明。我喜爱那句对白：“贾斯汀喜欢你这玩意儿。”很遗憾，我不能把有关这一幕更多的信息写进小说。需要注意的是，我对他们的称呼是人物，而不是人。他们的确是人，但是，日志的记录并不是有血有肉的。我没法记录下有血有肉、错综复杂的真人，即使我想也做不到。除了卡尔之外，其他人我都只见过一次，再见面估计也不认识了，我只能想象。再强调一次，关键词就是“想象”。一旦开始执笔疾书，就算在日志里，想象力也发挥着不可小觑的作用。根本没有什么客观性，一切都是感知的问题。如果由你来写上面那段经历，你写的肯定和我不同。你会选择不同的词语，你认为重要的部分和我也不一样，你甚至可能根本不认为这个场景有任何重要意义，也许你转眼就忘记了。但是，一旦你开始记录，想象力就发挥作用了。

这整个过程听起来像把某个行为合理化。显然，你不会随便把每个人都看作小说中的人物，你有一些限制条件。我的意思是，你的日志应该是素描册，不要把它当作日记本。我在前面提过，我是回家后才写下这一切的。我记忆力不错，但是我不能确定我在日志中记下来的每一个词都是原本用的词。这重要吗？我不觉得。这是你的日志。你是小说家，不是记者。19 世纪英国诗人和评论家马修·阿诺德（Matthew Arnold）说过："新闻是仓促而就的文学。"不要仓促行事，你可以反复琢磨。在日志中，你不需要忠于现实。就算你想，也不能这样。

不论怎样，我能在那条日志记录中所用的也只有一星半点的信息。请注意，在我的日志记录中，我几乎没有关注过第三个人，那个穿着绿色 T 恤衫的男人。在小说中，我可能会删除他，或者给他更重要的地位。小说中的一切都有意义，但在现实生活中却不是这样。在现实生活中，有些人只是在酒吧的角落里干坐着，起不到什么作用。在小说中，人物要么对故事不可或缺，要么与故事毫不相干。

在《装置》中，这些男人哪一个都不是不可或缺的。我用了钥匙链这个情节，精简了酒吧里那几个男人说的话，把他们异想天开的要求都留给了那个卖钥匙链的男人去说。然后我又通过安琪的感受过滤了那些对白，从而把那个场景从现实生活中移植到了小说里。虽然我很喜爱这则日志中的其他一些段落，但我必须非常谨慎，只能利用刚好适合我要写的小说的情节，不能多，也不能少。

如果我只是简单地把整篇日志记录用在小说中，不做改变，那会怎么样？还有卡尔、拉丁裔男人、胡子拉碴的男人、穿着绿色T恤衫的男人，如果我把这些人都详细地写进去，再加上钥匙链，故事又会怎样？显然，小说会失焦。我们会忘记艾维和瑞克，更不要说安琪。在后面一章，我们会讨论当故事取材于真实生活时，我们应该采用什么策略，帮这样的故事确定焦点。

作为小说家，有一件事你务必要明白：真实生活的重要性仅仅在于其能为想象力提供创作源泉。作为小说家，想象力更重要。但作为人，生活比想象力重要。我们最好不要混淆这两点。

在比萨盒里装松鼠的场景中，我还用到了另外一条日志记录，就是提到瑞克的舌头突然感觉变大了那段。有一次，一个朋友告诉我，他的一个熟人话说到一半突然停下来，说："知道吗？我突然注意了一下我的舌头。我这辈子从来没注意过它，但是我现在不知道该怎么把它放在嘴巴里了，怎么弄都碍事。"我朋友笑着说："也许你该去看心理医生了。"

在那个场景的高潮部分，瑞克终于决定要给安琪看比萨盒里的松鼠，我想要让他发生变化，这个变化发生在他的感觉里，暗示着他与艾维的关系给他带来了一些心理变化。那时，我想起了这个不知道如何安放自己的舌头的人。

在我的日志里，有许多段落记的都是些不相干的事，永远没法用在小说创作中。我甚至不知道某些段落记录的意义何在。

在贾斯汀那条记录最后，有三句话看起来有点意思：

> 也许跟着他出去上车？
>
> 关于他搬家的一些事，他的女朋友。
>
> "你为什么要疏远我？"母亲问道。

我本来想构思一篇短篇小说。但是从这些对白的力量来看，我很明智地放弃了这个想法。

我的日志里有很多诸如此类的文字、各种难以理解而最终被放弃的想法和段落。我也有购物清单、其他作家和艺术家的引语、电话号码、地址等。此外，我还记录了一些关于长短篇小说如何推进的想法，比如：

> 亨利感到了来自盖尔的威胁，但是他不能离开。他觉得在这里很自在。这就是他的家。而且，他觉得必须要挽回自己的形象，证明自己的能力。盖尔觉得亨利笨手笨脚、懦弱无能，不像个男子汉。他决定要采取行动，他需要让盖尔知道，她错了。
>
> 以前亨利也是相当有男人味的。
>
> 亨利不能再这么被动了。
>
> 把西德带回来。
>
> 亨利和威利在拍卖会上打了一场竞价战。亨利突然变得咄咄逼人，但是他得到了车，这个应该能够在盖尔眼中挽回一些面子吧。

这基本上就是舞台说明。然后，日志中还有我的小说思路：

> 关于《我们的地盘》(*Our Place*) 里的艾尔。我觉得他光芒四射，希望自己像他一样。但是，后来，我们这些来“我们的地盘”的常客一致认为他真的疯了，这对他是大大的羞辱。

也许别人读起来不太好理解，或者觉得这根本不像是有什么构思，但是我知道我想说什么，在日志中，这样就足够了。

我在日志中记录下一些趣闻逸事，但是，将来我不见得一定会把它们写进小说里。这是没法预计出来的。我记录这些事情是因为它们引起了我的关注。想到这些事会被我无声无息地忘记，我就会感到无比懊悔。例如有一次，当地一名戏剧评论家来到我的课堂，和我们分享了一个故事，故事讲的是一部由新手制作的戏——《莫扎特传》

(*Amadeus*)，这部戏从头到尾都不对头。

> 今天，佩里·坦嫩鲍姆来到我的写作评论课，跟我们讲了一件事。他在为一部本地制作的《莫扎特传》写评论。显然，这部戏从头到尾都不对头。首先，扮演萨里埃利的演员没有演出经验。演到一半，他忘了台词，然后跑下台了。接着，在《魔笛》首演的一幕中，音响出故障了，朝臣们鼓掌时，舞台上一片沉默。然后，到了剧终，莫扎特濒死，这时，应该看到他的父亲出现在门口，戴着三角帽，配着阴郁不祥的音乐。结果，他们插入声音时，放的音乐是轻松愉快的《魔笛》，父亲一身黑色，出现在门口，满面怒色。

我想我永远都没法把这条记录用到小说创作中去，但是谁知道呢？我当时记录下来，只是觉得这个事件有趣。但是，现在再想起这件事，我觉得几天后就可以把它写进小说了。如何把这个段子融入创作，这个问题完全取决于小说叙事的视角是谁的。高高在上的批评家对演出的看法，与那个倒霉的扮演萨里埃利的业余演员的看法可是截然不同。

我记录日志的原因有许多。有时我想按照时间顺序记录，就像记日记一样；有时我想记下一些细节，免得忘记；有时我会记录一个梦，我有几部作品就是以这样的梦为核心写就的。

无论如何，趁着事件或形象还没有褪色、被遗忘，把它们记录下来，这很重要。我们都有过夜半梦醒的时候，那些梦境触目惊心，当时我们也许想要记录下来。可是我们太疲倦，想睡觉，于是我们对自己说："哦，等早上睡醒起床再记吧。"结果往往是，早上睡醒后梦境和记忆都不复存在了。于是我们继续解释："哦，可能也没有那么有趣。"但是，如果真的很有趣呢？

当然，究竟什么值得记录在日志里，这是由你决定的。但我的建议是，随身带一个小本子，大小得能装进口袋或手袋，无论去哪儿都带着它，还要有一支笔。正如梭罗所说："作家如果不及时记录自己的思想，就像铁匠等铁凉下来才想起打铁。"这是我记录在一个日志本里的一句话。

作家是间谍、骗子、小偷。有些作家，比如让·热内（Jean Genet），自己就是罪犯；还有些作家，比如格雷厄姆·格林（Graham Greene），真的当过间谍。但是大多数作家是更广泛意义上的间谍和小偷。你的日志本基本上就是你的间谍笔记。不要让你的敌人拿到它。格林在写作《问题的核心》（*The Heart of the Matter*）和《焚毁的案卷》（*A Burnt-Out Case*）时，大量利用了自己的日志。我们会在后文探讨伦理问题，但是在这里，你需要记住，你创作的是虚构作品，虚构作品从真实生活中借用经验是无可厚非的。只要你利用这些经验的方式不笨拙，不缺乏想象力，那么你写作的结果就不会是笨拙、缺乏想象力的。想象力体现在你如何安排事件上，而不在于事件本身。

将日志条目编入虚构作品

写作是一个发挥联想的过程，虚构创作是一种镶嵌艺术，将记忆和想象力拼贴起来。这种情况下，记日志是很方便的方法。但是我的意思并不是说，我只是简单地翻看日志，用一些来自实际生活的有趣插曲填补叙事的空隙，直到作品完成，成为一篇小说。这并不是指简单地把道听途说的对话片段放到故事里。我真希望写作能有这么简单。我们必须尝试将我们认为能用的素材嵌入作品中。

例如，在菲茨杰拉德的笔记本中有这样一句他听来的话："他想让我变成女神，而我只想当米老鼠。"

最终，菲茨杰拉德的这篇短篇小说匿名发表，名为"独自一人"

(On Your Own)。在小说中，菲茨杰拉德不是随意地把这句有关米老鼠的引语放进去。恰恰相反，这句话无缝嵌入了整个故事。故事主人公是一个年轻的女演员，名叫艾芙琳，她在英国待了五年，事业上小有成就，后来乘船回美国。在旅途中，她与一个年轻多金的律师发生了情感纠葛。律师的名字叫乔治·艾夫斯。菲茨杰拉德把这篇小说投给不同的出版社，遭遇了七次退稿。对他来说，这是少之又少的经历。菲茨杰拉德觉得，这篇不能发表的小说带着“一点点特别的地方……一种特别的味道”。

小说开始时，两个年轻人见面，他们一起走向甲板：

> “你很特别，”他说，“好像米老鼠。”
>
> 她拉着他的手，弯下腰，发出银铃般的笑声。
>
> “我喜欢当米老鼠。”

后来，随着恋情起起伏伏（在艾芙琳发现乔治是有钱人以后），他们有这样的对话：

> “你愿意考虑嫁给我吗？”
>
> “是的，我愿意。”
>
> “当然，要是你嫁给我，我们得住在纽约。”
>
> “叫我米老鼠。”她突然说。
>
> “为什么？”
>
> “我不知道——你叫我米老鼠，特别好玩。”

有点儿傻乎乎的，不过那个时候艾芙琳是有些傻乎乎。那天晚上，她反思自己面临的处境：

> 他想让我变成女神，而我只想当米老鼠。

最后，乔治的母亲，一位社交圈的豪门贵妇，邀请艾芙琳参加晚宴。晚宴上，艾芙琳遇到一个旧相识，加里上校。他们的相识里掺杂着艾芙琳一些不光彩的过去。原来，她曾经是百老汇的小演员，穷困潦倒，经常几天吃不上一顿饭。后来，她当了交际花才勉强活下来。看到加里上校在场，艾芙琳非常害怕，她喝了许多香槟，酩酊大醉，终于说出了一切，还口无遮拦地抨击了乔治的母亲。乔治的母亲震惊之余，努力维持仪态，让一切在面子上过得去。当然，在母亲羽翼下长大的乔治后来想要抛弃艾芙琳。而艾芙琳饱经折磨，历尽冷暖后，终于平静从容地接受了一切。

> 好吧，也许她还是应该回英国——做回米老鼠。他根本不了解女人，不了解爱情，对她来说这是不可饶恕的罪过。

小说与真实生活不同，需要某种对称或平衡。我们不应该浪费篇幅，来写任何不必要的词语、形象或道听途说的对话，也不应该随意把它们放到长篇或短篇的创作中。菲茨杰拉德用了一种古老的戏剧策略。如果你想要读者关注一个形象，不要只用一两次，而是要用三次：第一次提到米老鼠，读者不会关注；第二次，读者的潜意识会关注，但意识还不太会受影响；第三次就是魔法奏效的时刻。在这个例子中，米老鼠成了一个不可缺少的象征，既表现出艾芙琳的轻浮，也说明她的空虚。菲茨杰拉德利用了道听途说的对话，并且独具匠心地把它用来塑造人物性格，烘托其处境。

菲茨杰拉德还在笔记本中记录过一些短篇小说的想法，包括下面这一条，也是以真实故事为基础的：

> 有个电影大亨遇到了海难，一个人流落到了荒岛，除了二十多箱胶片外，他什么也没有。

据我所知，菲茨杰拉德从来没有把这个想法写成小说。我自己想过这个故事，令人神往，但更像是个笑话。一个创作者身陷困境，除了可以用来拍电影的材料，别无他物，然而他没有任何工具来拍这部电影。菲茨杰拉德没有把这个想法写进小说，这一点非常符合我们这一章讨论的内容。我们每个人都会有许多不会拿去冲洗的胶片。

关键在于，日志记录的信息虽然不多，但都是素材。以后如何使用这些素材才是更为棘手的问题。现在就先开心地记录吧，狂欢一下，把日志当作派对，记录的时候不拘形式，可以句法不通，可以通篇都是错误拼写，也可以毫无意义。以后一旦你决定要把某条记录用在小说创作中，你还会有足够的时间去啃手指甲，咬牙切齿，或者捶胸顿足，绞尽脑汁地思考怎么把素材嵌入小说创作中。

练习

日志并不只是储存道听途说的对话的地方，而是试验田。回忆儿时的一个场景，写下第一行文字。小说家，或者说所有的艺术家，都应该尝试用新的角度来看世界，从平凡中发现不平凡（或者让不平凡看起来更为平凡）。只要关注日常生活的世界，就会获得许多不平凡的收获。

1. 去公园或商场，或者其他人流密集的地方。坐在椅子上，拿着日志本，给路过的人画素描——不要用图画，而是用文字。至少描写三个人，尽量记录丰富的细节：姿态、穿着、言语。尽量不要对你观察的人下任何评判之语，让描述的语言自己讲故事。

2. 闭上眼睛，回忆儿时的一个场景，不一定是创伤记忆，也不一定有戏剧性。实际上，最好的就是浮入脑海的第一个记忆。记下所有的细节，要利用感官。如果你记得和祖母一起做橙皮糖，就详细记一下橙皮的味道、晒干了的橙皮卷起来的样子、如何撒上一层糖再烘制。有一些肯定会烤焦，但是你的祖母会说她爱吃这些，对不对？也许她说自己喜欢，只是为了你可以吃那些更美味、没有烤焦的？吃起来的味道如何？你和祖母会聊些什么？尽可能清晰地回忆，然后在日志中写下来。不见得一定要适合某篇小说，这只是一个练习。但是，如果的确能够把这些内容用到某篇小说中，那也很好。我曾经有一个老师，他说他不理解为什么有人会说没有什么好写的。他们要做的就是睁开眼，还有记住发生的事。

3. 偷听几个陌生人谈话。（不要太明显，我可不希望你被抓进监狱。）这也是一个练习，不用担心。尽可能逐字逐句记下他们说了什么。你注意到你记录下来的这个对话和小说中的对话有什么不同吗？通常，虚构文学作家会努力让对话听起来尽可能真实自然。这里的关键词是“尽可能”。对话一定要自然。真实生活中，人们会结结巴巴，哼哼哈哈，话说一半就换话题，没有边际地漫谈，不听对方说什么，闲聊，抢话。某种程度上，小说对话是可以模仿这种风格的，而且还可以强化幽默或张力。近 40 年来，电影导演罗伯特·奥特曼（Robert Altman）一直在模仿这种真实的说话方式。看一下《陆军野战医院》（*M*A*S*H*）、《高斯福德庄园》（*Gosford Park*）等电影，留意一下同时说话的人有多少。这么做很有趣，但是往往也会让人感到心烦。如果想要非常真实（准确地记录方言，写下每一个语气词），你可能要冒失去读者的风险，满篇语句不通，充斥错误拼写——简而言之，他们会意识到自己在读小说，而这是作家之大忌。你不会希望读者觉得你写的故事不是真的。你应该引诱读者相信，他们进入了一个真实的世界，这个世界和他们身处其中的世界一样真实。吊诡的是，这往往意味着对话不能太过现实主义。请记住这条金科玉律：如果会让读者感到不舒服，就删除。

4. 以下是菲茨杰拉德记在笔记本里的几点想法，看看对你有没有用。记住，这只是练习，反正不会是他用来创作的。看看哪个想法最有可能成为小说创作的素材，哪个想法会无疾而终，哪些看起来太狭隘，哪些太开放。

• 短篇小说：一个男人努力忘记他疯狂的过去，但是无论走到哪里都无法避开。

• 戏剧：一群老人——他们经历了各种糟糕可怕的事情，但是并不在意。

• 一个发现自己会飞的舞者。

• 一个年轻女会计帮一个穷困潦倒的男人收账，故事最终证明两个人不但都通晓金融，还同样地道德高尚。

• 花店、主教、法国石竹、康斯坦丁、门诊部、黑人、护士。

• 词汇。

5. 回顾去年的经历，回想上一次和服务业人士打交道的过程，比如水电工、风管专家、机修工等。回忆一下细节，记在日志里。他的着装是怎样的？有没有戴假发？戴着高中纪念戒指吗？他有没有跟你说他的爱好，比如带着诱饵去哈特拉斯角钓鱼，或者是志愿去为科学家捕鲨鱼，打标签？他的性别、身份是什么？生活是由细节组成的，小说也一样。通常，当一个人凭空想象（就是说，没有纳入自己的观察和实验）时，想象往往是刻板印象或者陈词滥调。如果要写一个关于水电工的故事，脑海中浮现的第一个形象往往是所有形象中最老套陈腐的。不要先入为主，而要更多地依据自己和水电工等服务业人士打交道的经验。

第二章 确定形式

可能每个人都有故事要讲，但很多人没有机会讲，很多人有机会却讲得很糟糕。很多人的生活过得很有意思，但是在试着讲自己故事的时候，却支支吾吾，不知如何开始。之所以这样，是因为很多时候，人们注重内容的讲述，而忽视形式。回忆录与小说是不同的。人们认为回忆录应该是真实的，而小说不是。二者的区别是事实与虚构之间的区别。虽然这种区别听上去简单易懂，实际上却很复杂。有时候，有的作者会为了追求好的效果而故意混淆二者。与此同时，有的作者声称自己想写小说，实际上写的却是回忆录。如果你的故事以真实事件为基础，但你拒绝做改编，坚持真实事件“才是事情真正的样子”，那么你想写的很可能是回忆录，而不是小说。在这里，我先设定你要写的是小说，是从事实改编而来的小说，而不只是叙述未经任何加工的事实。但是我认为，在讨论下一章之前，我们仍然有必要探讨一下写作形式的多样性，以及回忆录与小说两者之间的区别。

我不想对写回忆录的作家——包括我自己——不公平，因为这样的写作比仅仅把一件事记录下来要复杂很多。谁知道事情是如何发生的呢？你能相信自己的眼睛和记忆吗？你父亲记得的是不是和你不一样？事发当晚你饮酒了吗？你是从哪一个环节开始涉入的呢，是头一天晚上，乔伊叫你去裸泳，你只好在父亲面前编借口想溜出门的时候吗？或者你想从描述那个晚上似凉非凉的湖水开始，又或者你想用一种更自省的方式叙述：“话说我嘴上没毛那会儿，毋庸置疑，很多人会说，那时的我就是个小兔崽子……”那么我们需要如何选词、如何用词呢？你真的想把“嘴上没毛”和“毋庸置疑”用在同一个句子里吗？而且谁真的关心你在1966年裸泳这个小插曲呢？把这件事作为中心，写一部名为“60年代戏水录”的回忆录，这主意真的不错吗？

“好吧，”你说，有点觉得被嘲弄，“如果不算回忆录，我就写成小说吧。”

别这么急。

写小说不比写回忆录容易。写小说的人必须灵活使用自己的生活素材，不是写“是什么”，而是写“要是如何，则怎样”。作者需要与事件保持距离，这样才能把这些事件写入小说，或是只有这样，才能认识到这些事件也许是真实的，但写进小说却并不可行。写小说重要的是故事能否得以发展，而不是故事是不是（狭义上）真的。

回忆录、一般小说与隐匿真名的纪实小说

如我在前文所说，回忆录不仅仅是对事件进行记录。记录事件最简单的形式是日记（这点实际上也需要商榷）。所有的写作都有既定的形式与规范，例如信笺书写要以“亲爱的”开头，以“爱你的”“向你致以美好的祝愿”“你真挚的”等方式结尾。新闻报道常采用倒金字塔结构。短篇小说要有冲突、高潮与结局等要素。

写回忆录免不得要有一些自负（在这里，我并不是说自负是回忆录的写作规范之一）。作者要觉得自己的生活足够重要、有趣，才会想通过写回忆录将其呈现给毫无戒心的读者。而小说作者至少会自称他们的作品更多是与作品中的角色而非与自己相关。即便如此，在谦逊方面，我怀疑回忆录作者和小说作者不会有多大的区别。

或者回忆录作者也许更急于展示，更愿意边和读者摊牌，边焦躁地说：“快读吧，哭泣吧！”而小说作者则更加小心翼翼，把牌抓在胸口，装出知道怎样才能虚张声势的样子。

如果你把自己的故事毫无保留地倾泻到纸上，开篇说“我出生在……”，在结尾处用“在我写下这些不朽的文字后，我咽下了最后一口气”收笔，那么你的作品可能是沉溺于自我的自传，而不是回忆录。回忆录叙述的常常不是生命的全部，而只是生命的某一部分，比如童年。像小说一样，其艺术性在于如何排列事件，而不在于事件本

身。有时候，哪部作品被称作回忆录，哪部作品被贴上小说标签，更多的是出版社营销部门的一时兴致，而不是因为两部作品之间真的存在哪些不同。在这种情况下，我们可能最好用弗雷德里克·埃克斯利（Frederick Exley）提出的解决方法。他的《球迷笔记》（*Fan's Notes*）一书有一个副标题：一部虚构的回忆录。

我们能做的一个区分，是对简单的回忆录与复杂的回忆录之间的区分。只要还有未被触及的处女地，关于名人的包罗万象的书会不断地、成千上万地印刷出来，满足那个伟大的目的。

在这次回忆录写作大潮中，有好几部作品起到如基石般的作用。其一是托拜厄斯·沃尔夫（Tobias Wolff）的《这个男孩的一生》（*This Boy's Life*）。沃尔夫在书中回顾了自己的童年。1950 年代，他随母亲在美国西北太平洋沿岸地区长大。母亲离婚后和一个叫杜尔特的人再婚，那个人性格暴戾，举止粗笨。沃尔夫的哥哥杰弗里（Geoffrey）也著有一部优秀的回忆录《欺骗公爵》（*The Duke of Deception*）。其中记述了他与他那个撒谎大师父亲在美国东岸生活的故事。

《这个男孩的一生》是一本自传体小说，也是一本回忆录。落笔时，沃尔夫心中实际上酝酿的是一本虚构性小说。后来，他决定不使用虚构的手法。我本人记忆力超群，我记得自己三岁时做过的梦。但是沃尔夫在书中回溯了近 40 年，一遍遍从 40 年前的记忆中把整段整段的对话搜罗出来。事实上，所有的写作——不论是信件、回忆录，还是小说——都需要运用一些人为的加工。把记忆写下来，这个行为本身就改变了这些记忆，让记忆变得更为真实。实际的记忆和通过写作重建的记忆，它们之间的区别被模糊化了，以至于作者越来越不能确定自己是否真的知道发生了什么。也许沃尔夫有着照相机或录音机一般准确的记忆，但对此，我还是有些怀疑。最可能的情况是有类似的事件或谈话发生过。或者对话中的几句确实说了，但是在不同场合说的。而沃尔夫把它们连缀起来，让故事更加流畅。又或者这些谈话，至少是这些谈话的部分内容，从来没有发生过。如果当真如此，我们是不是可以说，沃尔夫是个骗子？更有甚者，我们是不是可以说，他写的是个虚构的故事呢？的确，沃尔夫是个小有名气的小说家，对他而言，这种创作欲念应该是根深蒂固的。

迈克尔·卡顿-琼斯（Michael Caton-Jones）是电影版《这个男孩的一生》的导演。他说，电影在华盛顿州康克里特镇（沃尔夫在这里长大）拍摄期间，不断有当地人过来，想和他讲述他们记得的事情的版本。但是卡顿-琼斯都拒绝了。“每个人的记忆都会耍小把戏，但老实说，”卡顿-琼斯指出，“只要我能做到，我从来不会为追求所谓真实而放弃一个好故事。”他说出了我的心里话。

根据《纽约时报》报道，书中只有一个角色让卡顿-琼斯觉得不够清晰，需要再加工，这就是沃尔夫的母亲。沃尔夫对这个角色的处理“柔软如孩童”。所以，导演很自然地去《欺骗公爵》中寻找对这个角色更为真实的描述。

下面是发生在继父杜尔特与小托比（或者是杰克，某个沃尔夫喜欢被叫的小名）之间的一个故事场景。杜尔特开车时故意碾死了一只水獭，正停下来捡水獭，想卖了它的皮毛赚钱。下面的描述细节丰富。这像是对40年前的一件往事的回忆吗？你的记忆有这样鲜活吗？

> “捡起来，”杜尔特对我喊道，他打开车子的后备箱，“捡起来。我们回家就给这家伙剥皮。”
>
> 我想照他说的做，却做不到。我站在原地，看着那只水獭。
>
> 杜尔特走过来，站在我旁边。“这皮子值50美元，至少这个价。”他接着说，“别告诉我你害怕这该死的东西。”
>
> “不，先生。”

> “那就捡起来，”他看着我，“死了，老天爷。它就是块肉。你会害怕汉堡包吗？看！”他弯下腰，揪着水獭的尾巴把它从地上提起来。他努力让自己看上去毫不费力，但我看得出，水獭的重量让他吃了一惊，胳膊都绷紧了。一股鲜血从水獭鼻孔中流出，逐渐停止。血溅上杜尔特的鞋面，他赶紧把水獭撇到一边。他两手捧着水獭走到打开的车子后备箱旁，把它扔了进去。水獭重重地落了下去。“好了。”他说着，两手在裤腿上擦了擦。

当然，可能有某个事件会让某人记得非常清楚，但在这部回忆录中，类似的非常细节化的描写比比皆是。在这里，我不是要正本溯源，追求每件事的真相。《这个男孩的一生》是一本好书，沃尔夫对儿时经历的描述也许真的很准确。我想说的是，我们需要考虑的不是每个事件是否都叙述得很准确，或者每句话是否都记录得一字不差。我们需要考虑的是，这是否是一个好故事？它是否揭示了关于人与人、关于我们在世界中所处的这个暂时性位置的某些真谛？它是否使我们去思考身外的某个事件或某个地方？如果对上面问题的答案是肯定的，那么我其实并不关心作品被称为回忆录还是小说。

区别

小说和回忆录究竟有什么不同？关键的一点就是，并非所有的小说都与真实生活有关，但很显然，所有的回忆录都是。市面上有很多科幻小说、奇幻小说，但是据我所知，并没有科学回忆录，除非你把卡洛斯·卡斯塔尼达（Carlos Castaneda）的书算进去。卡斯塔尼达于 1970 年代出版著作，记叙其职业生涯，描写了自己在一个神秘的印第安人唐·璜的引领下经历的一段真实的探险经历。该著作不属于科幻小说，但却恣意狂野。

过去，很多著作借小说之名，写作手法却毫无虚饰，和盘托出。

这些著作属于隐匿了角色真名的纪实性小说。在 1970 年代末期，杜鲁门·卡波特（Truman Capote）写了一部关于好莱坞的纪实小说《求仁得仁》（*Answered Prayers*），并把其中的一章在《时尚先生》（*Esquire*）杂志上发表。其后，有一半朋友和他断交，因为他在这一章里披露了太多他们生活的秘密，他将很多丑陋曝光于公众面前。卡波特非常理直气壮地为自己辩护：那些朋友是在聚会上告诉他那些事的，当着别人的面，自愿的，而且他们一直就知道他是个作家，“他们以为我是什么人啊?”他质问道，语气尖刻，好像受到了伤害一样，“他们以为我是个宫廷弄臣，去逗他们开心的?”

写小说，这个决定可能让很多人望而却步。当我还在爱荷华作家工坊修读研究生文凭时，很多学员不敢告诉别人自己想写小说。他们告诉别人自己“正在写一点长些的东西”。我也有同样的感觉。

已故作家诺尔玛·克莱因（Norma Klein）曾说，写作第一部小说时，她不把它视为一本小说。她要求自己每天就某群人写十页纸，坚持一段时间。等写到 300 页时，她会看看自己究竟写了什么。同时，她要求自己每天对前文所做的修改不超过五页。

对我来说，克莱因的模式很好。当你写了两百多页后，那就是一篇小说了。并不一定是好的小说，也不一定会发表，但它比一个小故事或一个短篇要长，那叫它什么呢？回忆录?

我知道，我在循环论证。根据作家大卫·施尔兹（David Shields）的观点，小说整体而言更趋向于关注故事性，而回忆录则更多关注身份的挖掘。这并不是说小说总是更关注故事性，而回忆录总是更关注身份的挖掘，这只是二者各自的趋势而已。

以施尔兹的作品为例，他的创作已经逐步离开了小说的虚构领域，进入非虚构领域。他的处女作《英雄》（*Heroes*）描写了中西部一个篮球运动员与一个迷恋他的记者之间的故事。这部小说几乎完全基于施尔兹的想象。他的第二部小说《死去的语言》（*Dead Language*）广受读者欢迎，其主角是一名口吃的少年。这部作品有许多半自传的成分。儿童时期的施尔兹口吃严重，但《死去的语言》几乎完全是一本小说。《自溺手册》（*A Handbook for Drowning*）是施尔兹的短篇文集。在这本文集中，施尔兹向自传更靠近了一步——尽管文集所收录的文章中大量细节多出自作者的想象，但这些文章读上去更像小散文。这之后的一部作品《远程》（*Remote*）收录了52首内容相互关联的散文诗，却毫无疑问是部非虚构作品。对施尔兹而言，这些散文诗联结起来，形成了一部间接的自传。在这本书中，作者"书写自己的生活，把生活变形为一个寓言，一个关于远方、关于距离的寓言"。虽然就本质而言，这本书是传记性的，但施尔兹仍然认为，书中每页出现的人物根本上都是虚构的。"我所描写的身份，"他解释道，"我所使用的语气、语调、细节等，这些都非常具有选择性，而且其中很多情形——我很坦白地讲——是虚构的。对我而言，这些定义都很模糊。记忆是产生视觉刺激的游戏。笔尖触碰纸页的那一刻，虚构过程就开始了。"

从《远程》开始，施尔兹的作品都秉承了这样一个共同之处：有着非虚构的倾向，但是主人公在某些方面是施尔兹，在另一些方面又不是。换言之，这些作品中的主人公是被构建的形象。《黑色星球》（*Black Planet*）通过一个白人篮球运动爱好者的视角讨论种族问题。在创作该书期间，施尔兹观看了西雅图超音速队在自己主场的每一场比赛。他每次都跟不同的朋友去，但为了故事的连贯与简洁，他将所有这些不同的人合成为一个复合的人物形象。他自己的"角色"迷恋篮球运动员加里·佩顿。在真实生活中，作为作家的施尔兹对佩顿同样迷恋吗？事实并非如此。但为了凸显作品的主题，施尔兹将自己的喜欢转化为迷恋。《黑色星球》的大部分章节受到好评，但也有评论家提出了批评意见，认为书中对种族问题有着所谓神经质的迷恋与恐慌。施尔兹则认为，《黑色星球》描写的并不是他本人对黑人的厌恶与恐惧，而是社会对黑人的厌恶与恐惧。这种社会心态通过一个他塑造的叫施尔兹的人物形象展示给了读者。书中的施尔兹是大众的代言人，是病态的社会心理的承担者。但这是否说明《黑色星球》是一部虚构作品呢？我并不这样认为。因为作者主要关注的不是戏剧性的叙事，而是对非虚构性的自身身份的思考。尽管小说家总是比非小说家更经常地对事件进行变形处理，虚构与非虚构之间的主要区别却并不是谎言与事实之间的区别。二者的主要区别是形式上的区别，是联想性与思考性、戏剧性与叙事性之间的区别。

但问题还没有解决：我们应该怎样在小说与回忆录之间做出选择呢？在很大程度上，这是个人的选择问题，取决于你是谁，以及你有什么材料。施尔兹鼓励他的学生提问："你写作的目的是什么？你很想讲一个故事吗？如果是的话，你想让这个故事在某个地点发生吗？如果是，那么你很可能是在构思一部小说。但如果你内心的冲动是发掘自我，是一种对自我的冥想，那么你实际上是不是在写回忆录或某种自传呢？"《远程》写作初期，施尔兹以为这将会是一本小说，"写了一阵子后，我发现我根本不在意角色冲突什么的。而且虽然我在写作过程中大略指出了故事发生的方位，但是我对具体地点不感兴趣。我感兴趣的内容是自传性的：通过一系列互相紧密关联的散文片段揭示一种精神主题。于是，就有了这本书。"

故事，或者是通过角色冲突而定义的情节，似乎是我们在这里可以做的主要区分。故事产生一种原因—结果关系，也就是说，一般而言，角色和他的动机推动故事以及相关冲突的发展。回忆录的推进与记忆的推进类似，简而言之，都是有某种整体性的核心意识，然后一些片段在这个意识的光芒中不断闪过。当然，如前文所述，回忆录与虚构作品二者互相渗透，很难清晰地划分界限：回忆录时常包含冲突，比如沃尔夫笔下他与父亲的冲突；小说也时常与在一个相关环境中发掘自我相连，米兰·昆德拉（Milan Kundera）的作品就是如此。

现在，我们讨论几个关键之处。我们来考虑几个问题，这几个问题貌似平淡无奇，却十分重要。

问一下你自己，你与故事里的事实有多大关联？对个人经验里最核心的内容，你必须忠于它吗？对这个经验的展示需要很全面吗？如果连替换一个中学或小学老师的姓名都让你难以接受，那么你可能想写回忆录。那样的话，你要去查阅回忆录写作方面的书籍。

你写这本书的初衷是什么？抒发胸臆？这也许对你个人而言是有帮助的，但这并非说服读者阅读你作品的理由。

在写回忆录还是写小说这个问题上，材料本身帮助不大。故事再不寻常，写成的小说或回忆录也可能很糟糕。而关于最普通的故事（比如在华盛顿州的康克里特镇长大）的回忆录也可能打动人心，让人难忘。秘诀在于作者的功力和关注点，而非材料本身。小说家有时谎称他们所想象的其实并非虚构，有时又坚持说他们的非虚构作品其实出自想象，这些都是遁词，是花招。如果作品本身不可信，却坚称故事是真实的，这能骗过一些人，或者在一段时间里骗过所有人，但不可能永远不被拆穿。同样的道理，用虚构手法来讲一个非虚构的故事，也并不能保证你不被告上法庭——后文我们将讨论到，情况可能会更糟糕。

还有一点需要新手作家注意。在着手创作回忆录或自传体小说前，如果写作经验不够，那么一些训练还是必需的。你知道怎么写，但这不意味着你可以写得好。这就像一个学大提琴的学生刚学会持弓和音阶，就迫不及待地去申请参加纽约爱乐乐团的面试一样，很荒谬。学习写作和学习其他的手艺一样，需要很多练习。首先要做的事情是尽量多读回忆录或小说，同时报名参加大学或社区学校的创意写作课程。不要对你的老师说，你来上课是为了写回忆录，或是为了写一部伟大的美国小说。暂时把这个想法放到一边。多写，多听听老师和同学们有什么样的意见和看法。上完一期再报一期，或者报更高阶的课程。我敢说，经过这些训练，你对写作的理解会有很大改观。

逸事与小故事

有人曾和我说起过一桩小逸闻，并且赌咒发誓确有其事。这则逸闻是这样的：

> 在一个苏格兰小镇上有个爱钻营的女人。她决定举行一次聚会，请镇上的医生、律师以及报社编辑等人参加，这些人都是小镇里的精英人士。她想借着这个机会攀龙附凤，结交名流。聚会准备的食品中有一道甜点——三文鱼奶油冻。晚会还没开始，她发现自己的猫在偷吃三文鱼。她火冒三丈，一下子把猫从桌子上扫下来，赶出门外。怎么办？她只好把三文鱼重新摆了摆，盖住猫咬过的地方。刚忙完，门铃响了，第一批客人来了。
>
> 晚会非常成功。作为女主人，她觉得自己终于被小镇的上流社会接受了。
>
> 晚会结束后，她去后门，想把猫放进来。结果，就在后门台阶上，她的猫躺着，一动不动，已经和石头一样冰冷僵硬了。她魂飞魄散，赶紧打电话给镇上的医生，告诉他三文鱼奶油冻和可怜的小猫的事。医生回答说很不幸，别无办法，她必须告诉她的客人们发生了什么，那些客人们必须去医院洗胃。
>
> 她知道，今后她别想往上爬了。但是，她也知道，让客人们火冒三丈总比让他们一命呜呼好得多。于是，客人们一起乘一辆大车去了医院，一个接着一个洗胃。女主人羞愧难当地缩在等候

室的角落里，等着最后一个客人洗胃。她躲避着客人们的目光，客人们走时也没有谁上前和她道别，没有人谢谢她整个晚上的盛情。

凌晨1点，她终于回到家，筋疲力尽，意志消沉。很奇怪的是，她的车刚开进院子，邻居就上前和她打招呼。“你好，太可怕了，对不起。”邻居说。

“谢谢你。”女主人说，目光落在邻居的脸上，想看看那脸上有没有讽刺的意味。毕竟，她没有邀请邻居参加晚会。但这个女人一脸的真诚。

“唉，因为这个，整个晚上都一团糟了。”邻居说。

“我非常抱歉，”邻居接着说，“我知道对你来说它意味着什么。”

“它意味着全世界。”她说着，心里想在她有生之年，不会再有人接受她的晚会邀请了。

“有多久啊?”邻居问道。

“哦，就是两小时，然后我们就发现了，就去医院了。”

邻居一脸茫然。“好吧，我希望我能做点什么。我倒车出去的时候，你的猫正好在后面。当时我急着出门，只好把它放在你后门的台阶上了。等我回来就马上过来找你解释，可是你不在，所以我一直在这里等你。”

我把这个故事记在了本子上。大约两个月后，《芝加哥论坛报》(*Chicago Tribune*)专栏作家迈克·罗伊科（Mike Royko，现在他已经去世）也提到了同一个故事。据说，很多人曾和他讲过这个故事，而且都坚信故事的真实性，这个故事就发生在他们的妈妈、堂姐或伯母身上，发生的地点是得克萨斯、蒙特利尔或者是巴尔的摩。很多类似的城市传奇故事在空气里飘荡，讲故事的人里有一半都在赌咒发誓，坚称故事就发生在他们认识的某个人身上。

逸闻最后总有个让人猝不及防的结尾，让读者或听众意识到故事是多么非比寻常，或者多么荒谬可笑。和你听到的这些传说的故事相比，当代的故事要求多一些人物发展，多一些复杂性。

实际上，人物发展是大部分短篇故事的中心要素，情节是第二位。或者我们应该说，在一个短篇中，情节应该有机地随着人物发展而产生。《小说写作》（*Writing Fiction*）的作者珍妮特·伯罗薇（Janet Burroway）指出，小说里的角色应该有所求，而且是热切的所求。在大部分短篇中，这种所求，这种渴望，或者说角色的动机，是推动情节发展的力量，而冲突则因角色这种所求的满足、消融或被忽视而产生。换而言之，一个角色害怕的是什么？或者说，一个角色不希望发生的事情是什么？有时候，角色不清楚自己的需要，而这本身即可成为冲突产生的原因。又如，角色可能以为自己需要某个东西，而实际上他们需要的是另一个，甚至可能是他们想要的太多了，以至于穷尽一生也不可能都得到。格蕾丝·佩利（Grace Paley）的小故事《缺乏》（*Wants*）就是一个很好的例子，角色的各种欲望互相矛盾，产生冲突。这个故事收入了佩利的短篇小说集《一秒惊变》（*Enormous Changes at the Last Minute*）。故事不过三页纸，但佩利却浓墨重彩地将故事在有限的篇幅里完整、充分地呈现了出来。故事的主人公是位女性，她从公共图书馆借了几本伊迪丝·沃顿的书，正准备还回去。乍听上去，故事稀松平常。但是，她要还的书已经逾期 18 年之久。在图书馆门外的台阶上，她遇到了自己的前夫，于是开始交谈。一开始互相还没有什么恶意，后来前夫的话慢慢变得刻薄起来。他告诉她自己一直想要一艘帆船，挖苦她从来没有自己想要的东西。他的话又片面又尖刻，使她不由得愣在原地。在故事后面的部分，她一直在细细思索，自己究竟想要什么，她想要的她那个麻木的前夫永远不可能猜到。

那前文的三文鱼奶油冻又如何呢？那不也是一个短篇吗？毕竟，这个短篇具有所有常见的小说要素：冲突、危机、解决方法。女主人公有种热望，想提升自己的社会地位，但因为她的邻居碾死了她的小猫，这热望彻底落空了。

在我前面所举的几个逸闻中，这个最接近故事的要求。之所以接近，部分原因是我对逸闻做了处理（就像这个可悲的爱钻营的女人处理三文鱼奶油冻一样），我补充了故事细节，嵌入了对话，还在某种程度上让角色有了发展。如果把这个逸闻最初的形态——我第一次听到时的形态——写下来，最多不过是一个小段落。而且我还认为，这个逸闻中的讽刺太泛泛，成就不了一个好短篇。它太依赖巧合，依赖抖包袱，所以只能是件有趣的事而已，只能当作聚会中的谈资，或在报纸上占块小版面。几年后，我又听到这个故事。这次，它已经成了汤姆·塞莱克与保利娜·波日兹科娃主演的好莱坞电影《美丽的伪证》（*Her Alibi*）中的一个情节。好莱坞当然是这种城市传奇故事得以流传的最佳场所。短篇故事总是意在表面之下，但这并不是说，短篇应该干涩枯燥，而是说事件发生在谁身上要比事件如何发生重要很多。而在传闻逸事中，发生了什么总是比严肃的人物发展更重要。

在故事中，有三种使用逸闻的基本方法。一是丰富其细节，发展人物，使它不再仅仅是最后的抖包袱。我在《波兰行李》（*Polish Luggage*）中就是如此处理的。有个姑娘和我讲了她父亲的一件趣事，于是有了这个短篇。这位父亲是航空公司的飞行员，是个种族主义者，很歧视女性，也瞧不起阶层低的人，和各种“主义”“分子”都沾边儿。他总是抱怨，说自从航空公司降低票价之后，那些“不三不四”的人也能坐飞机了。他把购物袋称作“波兰行李”，他认为拿着购物袋上飞机的人都是“不三不四”的。在他看来，不拿像样的行李，只拎个购物袋，这种人一定是下层人。

因为这个，还有很多其他原因，这个女性朋友和自己的父亲合不来。但父亲死后，他们之间的一切分歧都消散了。她回家去参加他的葬礼。

葬礼很是花了一番心思。她妈妈决定火化遗体，用飞机把骨灰撒在她和丈夫第一次约会时一起看日落的小山丘上。

到达机库后，负责葬礼的人带他们去了一间办公室，向他们解释飞机起飞后的情况。那个人一边说，一边打开一个抽屉，取出一个购物袋，把她父亲的骨灰倒进去。骨灰原来放在一个很好看的小瓮里。当女儿看到这些，看到她父亲最后一段路是被放在一件“波兰行李”里走完的，心里不禁既感到惊异，又觉得好笑。

我是在威斯康星州的一个农场里听到这个故事的。农场是我芝加哥的几个朋友开的。这个姑娘那天专程过来，和我讲这个故事。这听上去可能有点奇怪。但我的朋友知道这是个不错的故事，而且这个姑娘自己也不是作家。（她告诉我不止一个故事。我现在还有两部短篇小说大致是在她的故事基础之上进行构思的。不过在这里我不会告诉大家，免得你们把故事偷了去。）

我喜欢这则逸事。但要把它写成一个故事，很显然，我必须拓展，不能只是最后那句话。第一件事是决定主人公是谁。我决定保留女儿这个角色，用她做主人公，但我对这个角色做了很多修改。这么做不仅仅是出于伦理道德方面的考虑，我改变她，是要使她成为我自己的叙事材料。

这是对真实生活进行改编的重要步骤（插一句话，我一直对“真实生活”这个短语有些抵触。另一种表达是什么？“虚假生活”?）。把一个故事变成自己的，就要运用想象力，对故事进行改编、加工，让它呈现新面貌。若非如此，那就不是你拥有事件和人物，而是事件和人物拥有你。你会害怕背离真实的情形，而最终故事的效果也会大打折扣。

为了让最初版本的故事更加丰满，我决定做一些扩展，重新处理母亲要把父亲的骨灰撒在他们第一次约会时看日落的小山丘上这段情节。我决定把整个葬礼过程改为对母亲与父亲第一次约会的重现。自然，故事的叙述者觉得母亲这个想法有些古怪，但即便不情愿，她也还是同意了。

> 这个计划要求一个行进的过程，如耶稣走过受难之路一般，从一个纪念地点行进到另一个。我们先是开车经过一家中国饭店，那天他们就是在这里一起吃晚餐的。当然，当年这里不是中国饭店，而是一家很不错的牛排屋，里面还有个十七人的乐队。然后，我们驶过万神剧院，一直来到小镇的机场。在这里，爸爸的骨灰会搭乘一架飞机，被撒在他和妈妈第二天看日落的山坡上。这么做有双重的美感，因为爸爸是航空公司的飞行员，尽管他会更喜欢747那样的大飞机，而不是赛斯纳公司的轻型飞机。他不会喜欢被撒下去，他会更喜欢坐着喷气式飞机，被一下子轰进供着他那些维京海盗祖先的先烈祠里。

另一种方式是用你自己的经验或别人的经验来处理逸闻，把逸闻融进故事的对话里，或者一段独白中。一段逸闻有时不能成为整个故事的基底，但可以用来很好地展示讲这则逸闻的角色的性格。例如一则关于一个男人兜售色情钥匙链的逸闻，我可以让安琪讲出来，以此来剖析安琪的性格，让读者了解她，了解哪些是她看重的，哪些对她来说是对的，哪些是错的。

第三种方法是把小逸闻整合到整个故事中，成为几个事件中的一件，但并不一定是主要故事。我就是这样处理比萨盒里的小松鼠这则逸闻的。这个场景在故事里发生后，故事又延续了12页纸。这样，尽管逸闻里最后那个抖包袱的句子还保留着，它却显而易见不是故事的高潮。

逸闻与小说

小说和故事一样，可以从逸闻发展而来。彼得·图尔西（Peter Turchi）是沃伦·威尔逊学院艺术硕士项目的主持人。他的第一部小说《隔壁的女孩》（*The Girls Next Door*），以他父亲提到的一段不为人知的往事为基础写成。他给我讲的故事是这样的：

> 1956 年，后来又说是 1960 年代早期，当时我妈妈正怀着我，这些人租了我家隔壁的房子。她们租房子很明显是为了开妓院，但是没人看到她们，她们也从来不出门。我父亲有辆旅行车，还有辆拖车。他把拖车挂在旅行车后面，用来装他要卖的工业配件。每个周一，他都要把拖车挂到旅行车上，然后就开车出门去推销，一去好几天。
>
> 有一次，他倒车没有倒到位，于是想抬起拖车的挂钩，把拖车往前拉一下，但是，当然是因为太重了，他拖不动。隔壁的三个女孩正好出来。于是她们走过来，围住他，一起拉挂钩，终于把拖车挂到了旅行车后面。他抬起头来望向我们厨房的窗户。窗户那边，妈妈正怀着我，身边站着我的外公外婆，他们一起盯着窗外的父亲。就是这样，这则小逸闻就是这样。这就是他对那几个女人的记忆。我想那几个女人几周后就搬走了。他不知道她们的名字，从那以后也再没有和她们见过面。

尽管这个故事后来成了图尔西小说的基底，但一开始的时候，他并没有这个打算。首先，小说和这则逸闻没有关系，也与他的个人经验很疏离。图尔西后来解释了小说的成形过程，他的解释使我们看到小说家常常漫游出他们的想象空间，到熟悉的领域去寻找素材。

大四的时候，我在英格兰。有一次，我趁着一个假期去了法国，住在拉丁区一个很便宜的小旅馆里。这个旅馆其实是一户人家，有一对夫妻和他们八九岁的孩子。每天早上我下来吃早餐，那孩子也在那时吃早餐，并且抓紧最后一分钟匆忙赶写作业。他们一点英语也不会，我的法语也很糟糕。他们家被部分出租做了旅馆，在这样的环境里长大会是什么样呢？像小说家欧文描写的那样，看着这些陌生人来来去去，却对他们一无所知，这让我非常好奇。于是，我打定主意要写一个故事，写一个在法国的家庭旅馆里长大的男孩子。但问题是我并不了解法国，也不了解法国男孩。于是，我决定把整个故事平移到美国的堪萨斯，描写一个在那里的旅馆里长大的男孩。至少他应该是个美国人。然而，我也从来没去过堪萨斯，我还不知道为什么那里会是一个好的故事场景。最后，我决定把故事搬到巴尔的摩，这没什么好惊讶的，在这三个地方里，巴尔的摩是唯一一个我居住过的地方。

然后我开始想，最好不要写成一个男孩子的故事，成长小说这个话题已经俗滥。我想，也许可以让租客来做叙述者，一个常来的客人，他观察过这个家庭，而这正是我曾经的位置。这个租客也可以观察外面街上发生的事情。最终，故事的叙述者不是男孩，不是租客，而是孩子的父亲。我意识到，在某种程度上，这个故事越来越像我记忆里父亲告诉我的那则小逸闻。

不知道是什么原因，我的第一冲动不是去挖掘事情的真相。事实上，在小说发表以后，我陆续了解到了 1960 年代发生的很多事情，几乎是当时发生的所有事情。住在附近的各色人等找到我，和我讲他们记忆中那几个妓女的事。那些都是很好的故事，应该是很好的小说素材，不过适合用在另一本书里。

图尔西的直觉是应该依靠自己的想象力，而不是去追踪当年事件的真实性，这无疑是他所做的最明智的选择。真实的素材也许会给小说增加不同的维度，但也同样可能使作者陷入困境，让他觉得对事实真相责任重大，从而不能按照事件在小说中的发展进行描写。通过对这些材料进行再想象，作者可以使材料变成自己的，而摆脱纯粹的记忆的束缚。

> 我不断地想当时我父亲心里在想什么。而且事实上，我在第一稿里写了父亲的职业。小说时间定在 1960 年代的唯一原因，可能在于我是从那个小逸闻开始着手写的。而且，他当时讲那个故事时率真的语气也深深感染了小说写作。
>
> 这本小说以此为前提，但对我来说，在后来的写作中变得越来越重要的是主人公从家庭的角度领悟到了什么。通过写这本小说，我真正要做的是把那个含义丰富的旧闻整合到对人物的发掘中，这是我后来更感兴趣的。这种重新洗牌，这种整合，足足用了我七年的时间。

故事与小说

写小说，还是写篇短故事，这要由你拥有的材料决定，由你是什么样的作家决定。比起小说，短篇故事更接进行诗歌。它像诗歌一样结构紧密，用词凝练，而小说并非如此。短篇故事可以通过仅描写一个手势来呈现一个角色；而在小说里，作者可能用几页纸描述，还要用倒叙来渲染。同一个场景，在小说中可能成为不错的侧线，而到了故事里，如果这个场景和主人公没有直接关联，就完全没有必要保留。小说呈现不同的视角并不困难，但对故事而言，可能就显得冲突、不和谐。小说和故事都可能出现修辞性语言（明喻、暗喻等），但一个好的短篇故事作家能够创作出核心隐喻，使故事深刻、细腻，璀璨如珠宝，让读者折服于作者的匠心独具。在小说写作和故事写作两者中，很多作家，比如弗兰纳里·奥康纳（Flannery O'Connor），往往更精于其中一种。在这里，我们并不是说作家要固守一种形式。

有位朋友曾经对我说，创作一个让读者相信、关心的人物很难，所以一部短篇小说完成后，他总是不舍得就此对某个角色放手。如果你也与我的这位朋友一样心有戚戚，那么你可能更适合小说创作。但是，如果你觉得电光火石的瞬间或生命短暂急促的闪动更让你着迷，那么故事这种形式可能是适合你的选择。

但有一点需要注意。我认为写作工坊适合关于短故事的讨论、分切，而不适合小说。有些让人尊敬的写作老师尝试开展小说创作工坊，但如果操作不当，这样的工坊会弊大于利。小说是脆弱的，很多羽翼将成、振翅欲飞的小说在工坊里被扼杀了。如果你把写完的前30页交出去，你的朋友们难免不会把它当作一个短故事来阅读。小说的开头难免会有短故事里的一些硬伤（故事走向不确定、缺乏结局、情节难以解释等）。你的朋友也许会赞扬你的文笔，却没办法对故事的发展给出建议。只有你才知道故事的整体概念，工坊的同学们对此束手无策。小说不可能由一个委员会创作完成，所以不要做这样的努力。这样的做法还有一个弊端，即所谓的“第一章情结”。为了让朋友们满意，你会不断重写第一章，使自己越来越沮丧。最后你得到的是一篇完美的第一章，有结局，有故事走向，有清晰的情节，也就是说，一个完美的短篇故事！

练习

1. 写一则别人告诉你或你自己观察到的小逸闻。你比较熟悉这则逸闻。用一两页纸写下开头，然后做笔记，记录你要怎样对其进行改编、拓展。谁是主人公？他怕什么？想要什么？

2. 继续以这则逸闻为素材，创作一个人物，让这个人物向另一个角色讲述这则故事。描写讲述故事的环境、条件。重点描写听故事的人的反应，同时，描写讲述这则逸闻表现了讲故事的人什么性格。

3. 根据自己的记忆忠实地描写你童年时家里发生的一件事，不要加以润色。写完后，问一下亲戚对这件事有什么印象。他们的记忆与你的有什么大的或细微的不同吗？为什么？

4. 以这段记忆为基底，虚构一个场景，在描写中使用对话、行动、描述、心理和说明性内容。在虚构过程中，你有什么不得已的选择？有什么细节或人物你不得不增删？

5. 以你个人视角之外的另一个视角重写这个情境，在细节方面发生了什么变化？记忆发生了什么变化？

第三章 聚焦真实的生活

现在，你对不同的形式有了一些了解，但还有一个问题需要回答：我们怎么给纷杂的生活赋予一种秩序？毕竟，秩序是生活和小说二者的根本区别。真正的生活，如果你的生活和我的有些相像的话，总是混乱的。小说则有结构、秩序和加工。把人工手段加上去，很多小说家就是这样把故事变成了艺术品。小说可能纷杂吵闹，甚至让人厌烦。而写小说的艺术就像一种漂亮的魔法，让写作变得容易，不着痕迹，让读者无从觉察你的技巧。

有人写作总是包罗万象，不放过每一个细节，而不是甄别筛选。你应该避免这么想和这么做。对经验的选择一定要吝啬一些。不要仅仅因为你喜欢某段回忆，就赋予它额外的重要性。如果你把发生的一切都写进来，你的作品就会变得混乱，被你自己联想产生的无数细节拖累得无法前行。记住，这是一本小说，不是展示你各种经历的幻灯片。如果你的故事或小说的框架倒了，读者就会停止阅读，不再在意你到底写了什么。

每篇小说或故事都有一个把手，就是说，有一个作者和读者可以抓住的东西。有了这个东西，我们就像跟在一个知道自己要去哪里的人的后面走路，觉得安心。这个把手可以是任何东西。我们最终找寻的是一个焦点，你给出的把手就是你当作焦点的要素。

小说家埃里·维尔特（Elly Welt）在字面意义上使用“把手”这个词。在创作小说《荒芜柏林》（*Berlin Wild*）期间，她的丈夫送给她一个在沙滩上行走时捡到的把手。她把这个把手挂在书桌前面的墙上。写小说的时候，她就盯着这个把手寻找灵感。

下面将要给大家一些把手，帮助大家驯服、驾驭生活，让生活进入小说的世界。写小说、写故事都可以用这些把手。在下面的章节中，我们将讨论各种源于真实生活的故事。但现在，我们最好先看一下作者在建构作品时的一些基本方法和想法。

聚焦于一个人物形象

杰罗姆·斯特恩（Jerome Stern）在《小说创作的艺术》（*Making Shapely Fiction*）中这样定义声音："通过人物形象的语言与思想表现出来的作者的风格。"从根本上说，叙事角度代表着故事（也可能是小说的一个章节）的中心性的意识。当你写一个真正发生过的事件时，从自己的视角出发来写也许是最简单的选择。但是，一个以你自己为基础的人物经常是没有必要存在的。任何时候，当你有一个对故事而言并不重要的角色，你都应该把这个角色删除。作家更像观察者。即使我们是在描述人们之间的一场争执，我们也倾向于站在这场争执之外，采取舒服的局外人的视角。海明威们总是比普鲁斯特们要少得多：作家们不是王牌猎人，他们经常更像是那些患有臆想症，天天把自己锁在房间里满脑子是神经质想象的人。

所以在写一个故事的时候，不论这个故事是不是基于真实的生活，我们经常设定一个被动的叙述者，这个叙述者在故事中不承担角色，只是充当读者的耳目。有时的确可以如此，一个著名的例子就是《了不起的盖茨比》里的尼克。但更经常出现的情形是，这个被动的叙述者还是参与了故事。不过，如果你觉得叙述者必须是基于你的视角的一个角色，那么一定要给予他一定的积极作用，也就是说，让故事的情节在一定程度上影响到他。（不要误解，我在这里并不是说，尼克这个角色是基于菲茨杰拉德本人的设计。毫无疑问，菲茨杰拉德本人更像盖茨比，而非尼克。可能这就是这两个角色都能成功的原因。菲茨杰拉德能够创作出一个和他有足够距离、与之并不相似的角色，让这个角色观察那个与他相像的角色。）

一般说来，写故事最糟糕的策略是，让一个角色向另一个或另一些角色讲述自己的故事。这种策略很大胆，早期约瑟夫·康拉德

(Joseph Conrad) 和其他一些作家运用得很成功。但这种策略在今天已经泛滥，引不起读者的兴趣了。当然，如果你能将其加以变化，使其产生新意，你也能够成功。

最好的策略是从某个主要人物的视角出发来讲故事。你需要决定写故事是用第一人称、第三人称，还是很少有人用的第二人称。戴尔莫·施瓦茨 (Delmore Schwartz) 的《责任始于梦想》(*In Dreams Begin Responsibilities*) 一书很成功，让人读罢不忍释卷，书中运用了第二人称，讲了一个年轻人在梦中看电影，电影讲的是父母第一次约会的故事。作为读者，我们不能假定故事是以作者父母某次见面为基础的。作者在书中也一直在强调（有时候强调得很明确）他本人和故事叙述者的不同。你可能很理想化地希望，你写的每个故事读上去都像在读你的自传一样，在情感和各种实际的细节方面都生动鲜活，以至于读者不由得想："这一定写的是真事。"

第一人称很有用，可以让角色言说自身。在第一人称故事里，读者和角色心灵之间的距离，即约翰·加德纳 (John Gardner) 所说的"灵魂的距离"，通过这个视角缩短了。而且作为听众，我们更容易相信某人亲口告诉我们的故事，而不是关于某人的故事。因此，第一人称经常会让读者感受到某种真实性。

如果你还是不确定使用什么人称，请看看下面这段文字。这段文字摘自巴里·汉纳 (Barry Hannah) 的小说《水边的谎言》(*Water Liars*) 的开头：

> 每当我被世界打得落花流水、无处可逃的时候，我就到亚祖河的法特湾去，拿着啤酒，一直走到码头那里。那些老撒谎精们聚在那里，他们吵来吵去，不停地互相起哄。这群人总是有这事或那事，不是有人快死了，就是有人便秘了。一旦那样，他们就回到自己的小屋，等到天好的时候再出来，跑到码头去，口袋里

> 装着麸皮饼，或站或躺。法特湾的名字得自某个男子，现在他的儿子经常来码头。他把自己的名字发成“法忒”，带着浓重的法国腔，尾音重读。他要不这么发音，你八成会笑话他的家史，或者只看见路牌上写的“法特湾”，而完全忽略他。
>
> 我很高兴那不是我的名字。

不要仅仅为了接近角色就选择第一人称。第三人称虽然受到一些限制，但也可以像第一人称那样使你接近角色。也不要因为故事发生在你身上就选择第一人称。在这种情形下，选择第三人称，营造一个虚构的空间，效果也不错。第一人称经常比第三人称更加突出叙述者的声音，但也并不总是如此。看一下马乔里·桑德尔（Marjorie Sandor）的小说《留声机》（*Victrola*）的开篇段落吧。这里，叙述者的语气与巴里·汉纳的迥异，但并不会因此给人丝毫不确定或游移的感觉。虽然故事是从第三人称视角进行叙述的，但我们非常明确人物的所思所言。我们也会意识到叠加在上面的叙述者，是他的视角引导我们进入了孩童的世界：

> 她从第一天起就冥顽不化。对她而言，说出的话像是宿命，那些我们随口说的话真实地存在着，就像人行道下面伸展出去的老橡树的根一样。成年人看不见这些树根，可站在橡树下面，脑子里充满想象的孩子们看得见。她不知道命运为她准备了什么，但是很明显，再不留心的人也看得出，她要好好活着，因为即使她那个美丽而愚蠢的妈妈在闹事，她还是一直这么完美地躲避着灾难和死亡。到八岁的时候，弗兰西斯卡已经经历了三场马萨特兰的瘟疫、两次蝎子的攻击，但都好好活了下来。此外，大家还知道，弗兰西斯卡一发烧就会做一些没人能解释的怪梦。第二次被蝎子蜇到后，弗兰西斯卡发烧了，然后就做了个梦，梦里她看见父亲的那把黄色吉他在他们破房子前面的空中飞过。

你所选择的视角自然会影响故事的设计与发展，使故事不会太杂乱。换视角也就改变了故事。可以做一下这种实验，发掘一下讲故事时你有什么不同视角可供选择。如果某个故事来源于真实的生活，却难以从一个视角讲清楚，那么换一个视角试试。

聚焦于背景

有时候，背景或环境会成为你所寻找的整个故事或小说的操纵杆。在《飘》（*Gone with the Wind*）中，塔拉这座内战前的南方庄园就是如此。它是斯嘉丽行动的推动力量，是她所做的一切的动机。当她周围的一切都分崩离析的时候，她仍对自己的土地怀着不变的信仰。把场景作为故事的组织原则，这种手法在很多小说中都很常见。詹姆斯·乔伊斯（James Joyce）的《都柏林人》（*Dubliners*）和舍伍德·安德森（Sherwood Anderson）的《小城畸人》（*Winesburg, Ohio*）都是这方面的鲜活例证。

史蒂夫·亚伯勒（Steve Yarbrough）在其小说创作中也是如此，他用自己的家乡——密西西比州的印第安诺拉——来组织、讲述故事。他的短篇集《居家男人》（*Family Man*）所收入的故事都以印第安诺拉为场景，这使整本书有了一种像小说的内在关联性那样的整体性。

聚焦于故事

在小说或短篇故事发展的某个节点上，读者需要一些方向性的引导。同一本小说，有的读者可以先尝试读100页，再决定是否读下去，有的读者在第50页就放弃了。所谓故事中的插曲，指的是一系列事件中的一件。如果故事的事件之间没有因果连缀，我们会说这个故事松散，布局凌乱，全是小插曲，因为它缺乏一条引导读者的主线。有时候，有的故事满是小插曲，但主题或很强的叙述者声音把故事聚拢到一起，这使得故事仍然很有可读性。

场景与插曲相似，但其意图性更为明显。场景是由作者建构的，插曲则可能倏然发生。我们的记忆总是松散的、片段式的，总是由一系列相关联的片段组成。一个场景就是一个通过作者的意识被揉进整个故事里去的插曲。电影、小说或戏剧中的一个插曲都有其时间与地点。时间和地点迁移了，场景也就不同。

我们都有很多儿时记忆。我们记得小时候哥哥把绳子一头系在我们的臼齿上，另一头拴在卫生间的门把手上，然后大力摔门，想把臼齿拔下来。可能这个记忆迅速跳到另一个：哥哥把我们的战士模型玩具靠在墙上，然后用 BB 枪把玩具打烂。我们记得，每个周日早晨六点半，哥哥就把我们叫起来，让我们去帮他送报纸，周日的厚厚的报纸。为这个，他会给我们五分钱，或者半块糖——由我们自己选。

这些事情发生在我们生命里的不同时间段：拔牙发生在五岁的时候，BB 枪摧毁玩具是在九岁左右，送报纸是七岁的时候。但时间不同没有问题，在小说中，你总是可以让它们的时间凑到一块儿去。除了你妈妈和哥哥，没人在乎这些事情发生的时间不一样。记住，你在创作故事，不是撰写家庭历史。

但让我们仔细看看这些故事，它们相互之间有什么关联呢？它们都是哥哥欺负弟弟，展示了兄弟间竞争性的关系。有没有什么被忽略了？当然有。我们几乎毫无觉察地忽略了一个事实：弟弟不是小绵羊，弟弟也可能欺负哥哥，但在此时，这一点被我们完全忽视了。

酝酿

在将这些自传性的插曲放进故事或小说之前，我们要首先拓展。一个关于两兄弟打打闹闹的简单故事可以是段小趣闻，但却没什么新意。角度是什么？转折在哪里？这个故事和其他兄弟相争的故事有什么不一样？它有什么独到之处？

每当遇到这样的困境，我就开始做头脑风暴。那就是，从我的经历里寻找更多联想，把它们写下来，记在本子上，最后故事就被我找到了。

好，这个故事发生在 60 年代，我和哥哥就是那时一起长大的。我还记得关于他、关于我们关系的其他事情吗？那时，我家从纽约搬到俄亥俄的雅典。有一次，他的朋友丹尼从纽约来看他。他和丹尼决定一起做个炸弹，我也想参加，但是他们说我太小了。他们忙去了，我就在家里自己做炸弹。我先找了个清洁剂瓶子，然后把厨房水槽下面我能想到的所有东西都放了一些进去。我在爸爸的一件衣服里找到了火柴，然后我跑到屋子后面的田地里，用清洁剂浸泡了一根鞋带做引线，打火点着。火苗一下子从瓶子里喷了出来，靠近我们房子的庄稼着火了。我记得当时我吃了一惊，不是因为我没想到这个办法做炸弹可以奏效，而是因为我根本没料到会烧起来。我当时脚穿网球鞋，拼命地想踩灭火苗。最后，火终于被踩灭了，可是网球鞋已经被烧坏，我的脚也被烧伤了。

好插曲，但仍然只是个插曲。我想我们有进步了，但是还没有找到能把这些细节都黏合起来的线索。

好，再来一个插曲。我记得父母之间有了争执，我记得我和哥哥、姐姐（她 18 岁，可以买含酒精的饮料）到镇上去，姐姐给父母买了一瓶香槟，于是他们就不吵了。我觉得这个很管用。我记得我们三个一起去镇上，有种像联合阵线那样的奇特感觉。

现在，我们不仅仅有几个插曲，而是越来越接近故事了。其中的关键就是我们越来越接近人物的情感，而不仅仅是想告诉读者发生了什么。小说的关键要素不是事件，而是人物——什么促使他们行动？什么使他们发生改变？孩子不知道自己行为的后果，成年人不考虑自己行为的后果，这样的想法和主题吸引着我，就像和哥哥姐姐结成联盟给我的感觉一样。

就我们的故事而言，姐姐这个角色可能并不是必要的，所以我把她抹去。我喜欢造炸弹这个情节，它很独特，是兄弟相争类故事的新形式：两个互相竞争的兵工厂！我们可能会保留 60 年代这个时间，因为这是造炸弹的合适背景。那如何将兄弟相争的故事继续拓展呢？父母之间的罅隙，这个可以和兄弟关系平行发展。

如前文所说，我喜欢事件后果这个想法，既有孩子的行为后果，也有成年人的行为后果。现在，我们看看故事要从谁的视角进行描述？我们有三个选择：哥哥，13 岁；弟弟，9 岁；还有父母。每个视角都会呈现一个不一样的故事。

我会选哥哥的视角。原因如下：首先，通过把故事从我的个人视角移出去，我的想象力就有更多的自由，我不需要在描述事件的发生时不得不陈述自己的经历；其次，这样做我可以更好地描写哥哥；最后，我还喜欢 13 岁这个中间状态的年龄——一只脚在童年，另一只脚踏入成年。

搭建场景

但我们仍然需要聚焦。聚焦的一个办法是搭建场景，在动笔前，把想到的各种场景写下来。这个过程可能既费心又费时，但却是厘清思路、找到材料焦点的好办法。

场景并不需要与你构思的保持一致。随着你的深入，故事总是会不断变化，而你也一定要允许，不要强行让故事按照你一开始的构思走下去。在写作《隔壁的女孩》时，彼得·图尔西遇到一个难题，他要想个办法，把起初在隔壁人家起居室里发生的故事转移到一个妓女租住的大房子中，把一个起初不过是被动地发展、有些窥私情节的故事变形为一个角色有互动的故事。

图尔西认为："小逸闻的吸引力和小说必要的复杂性之间有很大的区别。首先，对一个250页的故事而言，仅仅让角色站在院子里观察这些人是远远不够的。角色之间应该有一些真正的互动。于是，我努力想象这个角色和这些人物保持的各种各样的关系，并努力让他们之间留出一定的使好奇心得以保持的距离。几乎所有的场景都是我想象出来的。我曾和小说和短篇故事作家罗恩·汉森（Ron Hansen）一起参加面包山写作营，他给了我一些建议。我当时笔下有个喜欢棒球的角色，因为我在巴尔的摩长大，巴尔的摩的金莺棒球队经常参加一些世界赛事。这个角色崇拜这些球员，也经常看他们打球。所以汉森对我说，我应该让我笔下的妓女也去打棒球。我当时的第一反应是：'这个建议太荒唐了！'但在我回到家后的第二个月，我写了一个新场景，让妓女们去打了一场垒球，还去野炊，结果效果很不错。这件事对我很有启发：有了想法后，最重要的是付诸行动。仅仅看到有趣事情的可能性是不够的，必须使这种可能性以不同方式展现出来。人们总是禁不住想避免那些看似不可弥合的矛盾，但我仍认为，我们应该去发掘那些似乎最寻常的但是最具有戏剧性的冲突，也许会有所得。"

所以，让我们在想象出来的故事中寻找最具有戏剧冲突的可能吧。在我们开始构思和找寻之前，需要先阐明一点：在我动笔前，我的故事的最终形态经常会一下子在脑海中清晰起来，我可能甚至都不明白这个形态的含义。但这样也没什么，就如我在前文所说，写小说是一个发现的过程。你并不一定在动笔前就十分了解笔下的角色。你在写作过程中逐渐了解他们。在这个过程中，我看到庄稼起火了，看到那个小男孩徒劳地想扑灭升腾而起的火苗。

火和炸弹。从简单的兄弟不和开始，我们已经发展了很多。这个家庭出问题了，是什么问题？记住，故事里要有冲突。但是，即使故事是以你的家庭成员为原型塑造的，如果有让你觉得不舒服的地方，你也要为了故事的缘故对家庭成员做些改编。但是，这时候你要十分小心。简单地在故事中使用更大的、更有冲击力的冲突，比如使用乱伦、离婚等大的冲突，也许会让写作走入歧途。如果处理不当，主题可能会盖过故事。读者会觉得自己进入了一个清谈节目，而不是在读一个短篇故事。我们可以紧扣家庭里的战争状态这一主题，看看故事会怎样发展。

有些事情我没有告诉大家（如果你也这么做，你要知道自己不应该隐瞒，你最想隐瞒的也许就是最强有力的冲突）。

在家里我最讨妈妈欢喜，而哥哥是爸爸的心头肉。这在我家不是秘密。我爸爸抱怨妈妈溺爱我，而且他说得对。每次我和哥哥吵架，妈妈总站在我这边，爸爸总站在哥哥那边。哥哥 13 岁、我八岁那年，爸爸去世了。家里的制衡关系一下子就改变了，哥哥没有了同盟。

我想，现在我们的故事有一点眉目了。好像我是所有冲突的中心，是我把这些似乎分散的事件连缀起来。自传体小说的写作是一步步不断深挖的过程，在这个过程中，你将会理解为什么一个具体的时间或事件会对你而言凸显出来，而且其中的原因往往与你所以为的不一样。

这是我刚刚做的笔记：

炸弹——核心意象

瓶子——香槟瓶子、清洁剂瓶子

这些瓶子会是我在写作过程中一直要牢记的意象，可能会是一个核心隐喻的开端。

现在，我看到了一条清晰的故事线。

第一幕：我可能会从哥哥打坏弟弟的士兵模型开始，也许妈妈会训斥哥哥，这样来引出父亲已经亡故这个事实。哥哥在期盼一个老朋友，这个老朋友从他以前住过的纽约过来看他。也许在这里，我会引入香槟瓶，兄弟二人中有一个喜欢这瓶子，把它留了下来。

第二幕：我可能会从弟弟的角度展示一些关系。可想而知，妈妈站在弟弟一边，甚至可能因为爸爸的去世，对哥哥有些微妙或不加掩饰的责怪。哥哥计划着报复，计划着出走，偷偷把自己最好的朋友从纽约叫了过来。第二天，兄弟俩继续派发报纸，神色如常。弟弟还小，笨头笨脑的，不知道五分钱或半块糖的报酬太廉价了。

第三幕：丹尼来了。炸弹。

请注意，这里每一幕，特别是最后一幕，都只有寥寥几句。我还没开始写，不知道这些情节会发展到哪里，不知道它们之间的关系，也不知道它们会揭示什么。现在，我想围绕破坏的主题以及各种内部和外部的冲突着笔。比如说，我想探究哥哥是不是以为自己杀死了父亲，我想知道哥哥的行为对他自己的破坏力有多大。

这个故事也许行得通，也许不行。要是我做得对，如果建立一些因果关系，理解各个角色之间的关系，我的故事就可以成为一个完整的故事。如果不能，就会显得分散，如同一些连缀不好的片段。每当你想写一本小说或者一个短故事，都要承担这样的风险。并不是每个故事都能写成小说，特别是那些依据零散的记忆创作出来的故事。但至少，现在我有一些方向了。

时间框架

考虑故事或小说的结构时，最常用的方法是以时间为线。路易莎·梅·奥尔科特（Louisa May Alcott）在《小妇人》（*Little Women*）里就使用了这种方法。《小妇人》是半自传体，很多素材来自 1840 年代作者的童年记忆。作者是主人公乔的原型。但是在小说中，奥尔科特把所有事件集中到一年的时间。年代也做了更改，从 1840 年代改为 1860 年代。奥尔科特的父亲布罗森·奥尔科特是个复杂的人物，也是先验主义先驱之一。在小说中，奥尔科特把父亲角色撇在一边，没做处理。她让他远赴战场，参加战斗去了。

你可以选择任何你想要的时间框架。短篇故事可能跨越一年，甚至一个人的一生，而长篇小说可能只是描述了一天之内的故事。但是事实上，小说是一种中介，使作者可以通过它探索时间对一个人或一件事的巨大力量。一般而言，短篇故事所处理的时间跨度较小，可能是某个片刻，或某个情形，以及它们产生的影响。这里面并没有不能变通的规则，我们所谈的只是写作形式的大势。有的作家喜欢在时间上花心思，把时间尽量延展。尼克尔森·贝克（Nicholson Baker）的小说《夹层》（*The Mezzanine*）的叙事时间只有 32 秒，地点是手扶电梯上。詹姆斯·乔伊斯的长篇小说《尤利西斯》（*Ulysses*）仅描写了一天。在莎士比亚时代，一部喜剧的时间设定通常不会超过 24 个小时。莎士比亚打破了这一传统，在当时还因此被认为是荒谬可笑的。

聚焦于比喻、象征或主题

要驾驭小说或短篇故事，策略之一是在写作过程中使用核心隐喻，而且这个隐喻要有重要的作用，贯穿全文。西尔维亚·普拉斯

(Sylvia Plath）的半自传体小说《钟形罩》(*The Bell Jar*）就是如此，有一个核心隐喻。另一个例子是田纳西·威廉斯（Tennessee Williams）的戏剧《玻璃动物园》(*The Glass Menagerie*)。剧中女主人公劳拉的小动物园是一个隐喻，用来比拟劳拉自己的脆弱，就像在普拉斯笔下，钟形罩象征作家自己的幽闭恐惧心理一样。

如果要使用隐喻，那隐喻应该来自故事本身，而从来不应该从外部强行植入小说中。作家，好的作家，不会说“我想，在小说的这部分，我需要用只小鸟做隐喻”。如果你有意识地植入隐喻，最后你很可能发现自己会反复使用类似的隐喻，直到让这个隐喻变成陈词滥调。而且，简单的植入也让隐喻显得太过明显。

所谓“有机”，在我看来，是指隐喻的使用不是强加于小说，而是自然地从角色或情境中产生的。其中的窍门是相信你的直觉，至少在草稿阶段是如此。如果你笔下的角色说“他想让我变成女神，而我只想当米老鼠”，你看，这个形象就已经有了方向。现在需要发展这个形象，在故事的结尾处回应这个形象。在一个不同的场景中，让它无意中冒出来。在你写作的时候，你并非总是需要知道一个短语、一个手势或一段描写是什么意思。相信你的潜意识。写作是个发现的过程。写作的乐趣之一就是慢慢了解你为什么会那么写。

也许对有些人来说，上面的话听上去匪夷所思，但其实大多数作家就是如此。弗兰纳里·奥康纳的小说《乡下好人》(*Good Country People*）的开头是一段两个女人之间的对话。这段对话原来是基于她的母亲和一个邻居之间的一段对话。写着写着，奥康纳就给第一个女人设计了一个女儿，接着她又给这个女儿设计了一条木头假肢。她不知道这个角色为什么会有木头假肢，也不知道这意味着什么，她只是让角色如此发展。到了小说的最后，木头假肢完美地成了一个有机的（如果不是最中心的）隐喻。一个推销《圣经》的人假扮成艺术家，最终偷走了这条假肢。当时，这个女孩正自诩聪明又世故，绝对不会被任何人蒙骗，更不可能会中这个推销员——她眼中的农村呆木头——的圈套。仅看纲要，这个故事荒诞不经。小说的确如此，而且小说用一种让人拍案叫绝的方式完成了这种荒诞。这个故事引人入胜，读到最后，你会认为这个《圣经》推销员的确和女孩的木头假肢之间有什么瓜葛，想匆匆卷了假肢就逃。

这里还有一个关键，就是对称。好的作家不会半路丢弃一个形象或想法，而是会考虑它会如何发展。事情总是无巧不成书。如果你的角色有条木头做的腿，但原因只是你想要她如此，故事却和这条木腿没有什么关系，那你就应该把它从小说里去掉——如果它没有功用，那它就不应该存在。

主题是小说或故事的中心思想。有时，中心思想不止一个，而是几个，并且互相关联。作家有时围绕一个具体的主题展开故事。《乡下好人》的主题是自诩的聪明与善良和真正的聪明与善良之间的区别。要写好这个故事，关键是不能让主题盖过人物。不要仅仅因为这样做适合你的主题、能让你的隐喻丰满或是展示出你有多么擅长使用象征符号，就让你笔下的人物按照一定模式行动。有的小说矫揉造作，堆砌符号，滥用隐喻，却忽视可信的人物的塑造，再也没有比这个更糟糕的了。

旅行小说

杰罗姆·斯特恩在《小说创作的艺术》中指出，最古老的小说形式是旅行小说。一段旅行有其天然的结构，有开头，有结尾。我最喜欢的旅行故事是约拿的故事，这也是最古老的旅行故事之一。这个故事极短，简约抽象，讲的是先知约拿如何莽莽撞撞想要违抗上帝的意愿。它有一切好故事的要素：冲突、人物动机，还有故事给人的启示。先知接到上帝的命令，要他到尼尼微城去传道，拯救城里的人。但约拿却认为尼尼微人是他的敌人，不想让他们得救。所以，他抬腿向相反方向——海的方向——出发了。他遇到风暴，被抛进大海，又被大鱼吞进了肚子里。最后，他明白了上帝的意思。“要是我早知道这对您这样重要……”他对上帝说。他最终回头去了尼尼微，向城里的人布道。啊，看啊，他们都忏悔了，尼尼微获救了。所有人都在欢呼雀跃，唯有约拿走出城，坐在葫芦藤下，愀然不乐。上帝看到这一切，就让葫芦藤枯萎了。约拿终于忍耐不住，跳起来质问上帝为什么做取走他的阴凉这种事情。这是故事的高潮，故事发生剧变的地方，而故事总是不断发生各种变化。上帝简单地说：“这葫芦不是你创造的，尼尼微也不是你创造的，能决定活下去还是死亡的只有我。”故事的结尾有些苍白无力。“难道我不爱惜尼尼微？何况城中还有 12 万无辜的人们，他们连左右手都分不清，还有很多无辜的牛。”牛？好像这有些使故事没那么有力了。

美国文学中一些伟大的经典作品里也不乏旅行故事。在《我弥留之际》（*As I Lay Dying*）一书中，威廉·福克纳（William Faulkner）描写了一个农夫带领全家将妻子遗体运回安葬的一段旅程。在《愤怒的葡萄》（*The Grapes of Wrath*）中，约翰·斯坦贝克（John Steinbeck）描写了美国大萧条时期，约德一家从沙尘暴肆虐的俄克拉荷马州的家艰难地逃往新的应许之地——加利福尼亚州——的经历。他们一路上艰辛跋涉，遭遇了重重困难和无数障碍。这些障碍不仅仅来自恶劣的路况，也包括很多对情感、精神的挑战和折磨。我们一路随约德家走过来，逐渐了解了人物的命运，也深深地同情他们的遭遇。

重大事件

组织短篇故事或小说的一个好办法，是将其架构在一个大的事件里，例如比赛、狩猎、婚礼或葬礼。但你需要小心对待这种形式。不要缺少作为，乏于创造。要努力探索你要描写的任何一种活动的边界。如果你让笔下的人物参加一场婚礼或葬礼，要努力从新的角度描写这件事，不要因循以往惯常的描写方式。

几乎每个作家都在自己创作的某个阶段试着写过这样的故事。但是通常情况下，他们是这样开头的：

> 乔琳一个人坐在密西西比州弗罗兹·诺伯兹镇的雷电浸会教教堂里胡思乱想。皮金斯奶奶不是这个世界上最好的人，她想到，但也不是最坏的。突然，一个人影一闪，乔琳吃了一惊——是梅宝·李·莫波斯，她在对面一排的座位上虔诚地低头祷告着。怎么是这个贱妇，乔琳心里想着，她还有脸来这里？很快，乔琳又沉浸到自己的思绪中……

如此等等，直到读者也坠入自己的思绪中，然后撂下书，准备去找点别的更有意思的事做。

杰罗姆·斯特恩称这种主要活动被限制在一个小空间里的故事为“浴缸故事”。在《小说创作的艺术》一书中，他写道：“在那个小空间里，主人公不断地思考、回忆、担忧、筹划。很快，读者意识到，这个主人公不会真的去做什么。”

我曾经读过一本故事集，里面的主要人物总是昏昏欲睡。书中每一个故事都大段大段地描写这个人物打盹、犯困，然后不知不觉地睡过去。我看了这本书，觉得自己也和书里的主人公一样，睡眼惺忪。

当然，你可以把这样的一个场景成功地变成一场婚礼，让它变得欢快、新颖。在第二章，我们讨论过“波兰行李”，当时，我把事件变成了一场葬礼，而不是婚礼。我们在主题上并没有什么禁忌，重要的是要让人们对某个主题产生新的认识。不过，在很多创意写作老师看来，有些故事过于俗套，其中最臭名昭著的就是“奶奶去世前讲过的故事”。

游戏、竞赛也可以是架构故事的好办法。我所知道的最好的例子就是查尔斯·迪金森（Charles Dickinson）的《大冒险》（*Risk*），一个架构在棋盘战争游戏基础上的故事。《大冒险》是一部精心之作，通过让一群朋友定期见面，一起玩这个游戏，迪金森在几个人物之间不断变换视角。如果你玩过大冒险，你肯定了解，这个游戏之残酷[①]简直可以媲美槌球戏。但是对一部好的作品来说，真正的冲突并不停留在表面，不是几个朋友争夺对世界的控制权，而是在角色向读者展示的秘密生活里。这个游戏、游戏的名字，还有“大冒险”这个词本身，三者一起形成了一个重要的隐喻，一个前面一章讨论过的有机的隐喻。故事的第二段是这样的：

> 弗兰克先到了，随后是诺兰。那天下午，弗兰克穿着一身脏衣服，把一大堆需要洗的衣服送到公寓楼下地下室里的洗衣房。他把衣服放进洗衣机，倒好洗衣液，投币，然后脱下身上的脏衣服，一起扔进了洗衣机。他一丝不挂，慢慢上楼回到房间，半路上还停下来，读了读灭火器上的小字。大楼里的噪音让他觉得心安。当他们坐下玩大冒险的时候，弗兰克选了红方。

在这里，故事的特别之处在于迪金森选了棋盘游戏这样一个静态的事件，而且也在描写过程中强化了这种静态。你也可以这样，选择玩象棋、跳棋、麻将、槌球戏、弹珠等作为你笔下的事件。但是秘诀

---

① 这里是反语，意思是这个游戏很温和。

是，你要去了解你要塑造的人物，了解他们彼此之间的冲突。然后，你来决定，究竟是让人物之间的冲突蔓延，以至于淹没游戏所呈现的秩序，还是让冲突继续保持在内部化的状态，只在游戏时体现出来。

一次远足或钓鱼也可以很好地充当故事的焦点。想一想海明威的《弗朗西斯·麦康伯短促的幸福生活》（*The Short Happy Life of Francis Macomber*）、诺曼·麦克林（Norman Maclean）的《大河恋》（*A River Runs Through It*），还有福克纳的《去吧，摩西》（*Go Down Moses*）中的“熊”。但是你需要记得——特别是当你的狩猎故事素材是取自亲身经历的时候——很多人都有过类似经历。你不是第一个用猎杀一头驯鹿为框架来写一部成长小说的，你也不是第一个在婚礼或葬礼上发现人性的势利与虚伪的。你不希望自己的故事无聊、落入俗套，你希望它就像我们在前文读到的迪金森的作品一样，构思新颖，鲜活生动。要做到这一点，就要让你的人物真实，要让他们——哪怕是部分地——来源于你曾认识或观察过的真实人物。我们将在下一章中探讨这个问题。

练习

1. 我们都参加过嘉年华或各种集会。写一段关于某次集会或嘉年华的回忆性文字，尽量多一些细节。然后，用这个场景作为故事的开头。但是不要把主人公写成你自己。如果写的时候，关于别的嘉年华的记忆也涌现出来，一定要在写作中把这些记忆包括进去。

2. 想一个你熟识的人，可能是你的家人：兄弟、姐妹、母亲或父亲。首先，尽量写下关于这个人的记忆与联想，越多越好。把你记忆最深刻的内容——你觉得最令人感动的或最能体现这个人物个性的内容——标记出来。现在开始积极思考，把这些记忆放进一篇小说里，建构场景，建立关联。写出关于这些记忆的一篇小说的大纲。记住，一定要有中心。

3. 带着笔记本出门，去观察别人。去商场、公园，或去杂货店，描写你看到的人，然后创作一个人物，让他和这些人起冲突，或者让这个人物以某种方式和这些人发生联系，就像图尔西笔下的妓女与棒球的故事那样。

4. 组织一个故事，让它围绕一个你自己玩过或者看别人玩过的游戏或比赛发展。你的祖父曾经玩扭扭乐，你曾经玩拼字游戏，你的弟弟曾经玩槌球戏。让你的人物玩这些游戏，在玩的过程中探索他们之间的关系。

5. 写一个千字小故事，用你的记忆做素材。给这个故事一个时间框架：一天、一年、一个小时，或者一分钟。如果需要的话，你可以用我们上文讨论的一些现成的结构：一个游戏，或者是一次旅行。随着你笔下人物的发展，一个时间框架或一个核心隐喻也许会出现。你会发现，你的记忆有的适合你选择的这个框架，有的不适合。扔掉那些不适合的，让适合的和你的框架契合起来。与保持记忆的准确性相比，故事本身是否成立更加重要。

第四章 真实的人物

我们鲜少可以简单地按照他人在我们面前呈现出的模样进行人物写作，这大概是因为我们不了解他们生活中全部的真实情况，因而在写作时不得不进行一些编撰和创作。这无可厚非。在很多“写人”的情况下，对一个人知之甚少比知之甚多更好。举例来说，如果你要写一个以某位亲人或者朋友为原型的故事，你对真实人物的关爱和情感可能很容易妨碍到你的故事或者小说创作。换言之，出于保护你朋友隐私的目的，你将略去一部分，而这部分也许正是故事的精华，也许正是这个人物最初激发你兴趣的一些细节。这么做也许符合伦理道德，这个问题我们会在后面的章节中做更为深入的探讨，但也许正因为如此，你的故事被扼杀了。

改写

通常，在完全凭空假想一个角色和完全据实描写你知晓的某个人物之间，会有一个中间立场。你必须谨记你写的是虚构小说，而不是人物传记。从本质上说，虚构意味着改写。如果你想写卢克叔叔，写吧，但别让这个人物成为卢克叔叔。首先，想想他让你如此感兴趣的要素到底是什么。核心的要素当然就是你将在写作中尽可能保留的部分，比如，卢克叔叔相信幽灵——这是他一直以来吸引你的一个原因。这一关于幽灵的信念源于卢克叔叔孩童时期的经历，据传那时，他父亲的幽灵会在半夜来看他。除了关于幽灵的信念，卢克叔叔对你来说似乎相当普通平凡。他是一个秃顶的、肥胖的单身汉。在政治上他支持保守派。他是个安静的男人，每天晚上会同他孀居的妹妹，即你的艾琳娜阿姨，一起吃晚餐——她会包下所有煮饭和打扫的活儿。当她在厨房准备晚餐的时候，他会在外面的起居室看《华尔街日报》。吃晚饭时，他几乎不同艾琳娜阿姨交谈。晚餐结束后，他就一言不发地离席。

现在你有两个源于生活的角色，还有他们某种程度上诡异的关系——这正是一个故事的核心。那么艾琳娜阿姨呢？她也相信有幽灵吗？或者她只是觉得卢克叔叔有那么点偏执？

显然，如果你要写这些人的话，你会遇到一些客观存在的问题。你也许会不太情愿改写太多人物特性及真实情况。与此同时，你也不想冒犯艾琳娜阿姨和卢克叔叔。你不希望他们认出自己。所以你有两个选择：等你的叔叔阿姨去世以后再写他们，或者改写他们。你可以改写他们的年纪。但是不行，他们让你感兴趣的正是他们都岁数大了，都有点孤单，有点相互依赖，都对卢克叔叔还是小男孩时可能发生也可能并未发生的那件事情有些着迷——看见卢克叔叔的父亲的亡灵。好，那我们就改写他们的性别——让艾琳娜阿姨成为那个看见幽灵的人。他们必须是兄妹吗？改成夫妻如何？一定要是他们的亡父吗？改成他们的母亲或者一个陌生人如何？你能改写卢克叔叔的外貌特征吗？描述他正在变秃或许比写他相信有幽灵更冒犯他。我的一个朋友就是这样改写的。他在一个故事里写了一个我们共同的朋友，这位朋友被写成一名快餐厨师，一个完全虚构的人物，但在其他的方方面面，从他俏皮的幽默感到他正在消退的发际线，我的朋友完美地捕捉到了他的个性。当然，正在消退的发际线被提及，这一点让他很难过。

事实上，你很难辨别什么会、什么不会冒犯到被你写进故事里的某人。你能选取的最佳方案就是，在你能承受的范围内尽可能地改写他们：让卢克叔叔成为快餐厨师，让艾琳娜阿姨成为小餐馆老板，或者改变场所。尤其要注意的是，不要纠缠于男性秃顶问题。

所有这些不仅仅是为了保护卢克叔叔和艾琳娜阿姨的隐私，同时也是为了你的写作。在某种程度上，你必须摒弃“因为他们是真实生活中的人，所以故事会成功”的观念。你必须摆脱你和这些人的关系的束缚，否则你的故事看起来将会很生硬，并且你也会害怕进行创作方面的冒险。你越是将这些人转化成想象和现实的结合体，就越能在写作中感到解放。谨记，“以艾琳娜阿姨为原型”并不意味着你要受限于事实。

融合与搭配

另一种改写你笔下角色的方法是将他们融合。也就是说，将你的卢克叔叔和其他现实生活中你认识的人混合在一起，把卢克叔叔和其他一些具有卢克叔叔某些特性的人混合在一起。这样，卢克叔叔将不再简单地是卢克叔叔，而是你朋友的父亲，或者是你在过去遇见并写进日记里的一群陌生人。通过塑造一个复合的角色，你实际上丰富了这个人物。来自真实生活的细腻观察会很好地升华一个故事。

朱迪斯·奥尔蒂斯·科弗（Judith Ortiz Cofer）有一篇短篇故事，《一无所有》（*Nada*）。这篇故事的创作灵感来自她一位朋友的一番话。这位朋友的丈夫离开了她，据这位夫人说，她当时想把所有的东西都送出去，而且她差一点就真的这么做了。“这是一名以收藏为乐的女人，”科弗说，“古董、小玩意儿、书籍。她热爱生活，也爱好收藏，她的房子是一座博物馆。我去过她家，感叹她有那么多藏品。‘但他走了，我不得不从头开始，’她说，‘我想把所有的东西都送出去，包括孩子和狗。我不想留任何会触景伤情的东西。然后，除了孩子和狗，我真的把其他所有东西都送人了。只有当我开始痊愈，我才又开始收藏。’”这番话触动了科弗，她想去深入地探索如果一个女人到了“一无所有”的境地，那么她的悲痛会有多么深切。但是，这个故事并不那么简单。

这个故事还有另一个触发点，科弗并不经常透露，因为她喜欢让人们自己去发现。她曾讲授过海明威的著名作品《一个干净明亮的地方》（*A Clean Well-Lighted Place*），这个故事她教过“比无数次还多一次”。在这个故事里，一名侍者即兴改了一段有名的主祷文，用“一无所有”（nada）替换了祷文里几乎所有的实词。科弗想知道她笔下的角色——一个来自讲西班牙语的贫民区的女人，一个对存在主义的恐惧一无所知的女人——是否能以海明威笔下侍者的方式去遭受“精神悲痛”。因此这个故事一部分是挑战，一部分是向海明威致敬——科弗还将她故事里的主人公命名为“欧内斯提娜”（Ernestina）[①]。

“没有太多人发现这一点，”她说，“因为在任何人的脑海中，一个波多黎各女人和欧内斯特·海明威之间不存在任何联系。”

这不是一个自传故事，但它包含了一些科弗根据自己的目的融合、搭配和改写的自传体细节。“我所做的就是运用了我对西班牙裔贫民区一些居民的记忆，”她说，“那儿总是有声称自己可以和死去的人交流的老太太，总有某个性感尤物，或者是被宠坏的新娘，总有满脑子充斥着独特的波多黎各式偏见、性格强悍的离婚女人。”写这个故事的时候，她问自己这样的问题：如果我没有离开过那个贫民窟会怎样？如果我当时在那里会怎样？我将成为哪一种女人？“所以我仔细打量了所有这些角色，并且认定，我将不会成为多娜·欧内斯提娜。我不会像她那样被打败。我也不会成为甜美可爱型的姑娘。我决定要让自己成为一个性格强悍的人……不是指我自己，而是指这种角色。不是指我自己，这是因为我并没有在那里长大，我现在成了另一种不同类型的美国女性。我选了我认识的一些人，并把他们合并，变成不同的角色。当然，这个过程给了我无穷无尽可能的选择。”

不论故事是不是基于真实生活，这种混合与搭配正是虚构故事的作者要做的事。这类转化是虚构过程的核心。当你写真实的人物时，

---

① 海明威的全名为欧内斯特·米勒·海明威（Ernest Miller Hemingway）。

混合与搭配不仅仅可以用来自我保护，还可以让你发挥想象，深化你对角色的理解——它们成全了你的角色。

有人也许会有异议，说简单地把不同的人物个性混在一起是笨办法，根本算不上运用想象力。我认为，想象力并不是简单地指作家从无到有地创造细节和角色的能力，而是要看其如何组织、叠加真实的事件与人物，如何将真实生活转化成全新的东西。

比如，前文中我提到了一个有关幽灵的片段。这个片段是一个学生和她姐姐告诉我的，是关于她们父亲的事情。当这位父亲还是个小男孩的时候，家里常会有一个叔叔来住一阵子。这个叔叔在小男孩的衣柜里藏了一瓶威士忌，半夜的时候就偷偷溜进来喝一大口，那时，小男孩就会盯着叔叔看。后来，一天晚上，这个叔叔进了房间，低头看了一眼躺在床上的小男孩，但他并没有去拿威士忌喝，也没有说任何话。第二天，小男孩得知叔叔在前一天晚上出了车祸，去世了。故事还要继续。连续一个月，每天晚上，叔叔都会来看小男孩，就只是低头盯着他。后来这家人仍然保留着那套房子，但是我这个学生的父亲拒绝再在那里过夜。

我提到的另外一个细节是，有个年老的男人，他有个妹妹，妹妹每天晚上给他做饭。我的莫迪叔叔和爱达祖母之间就是这样，他俩如今都已不在人世。那时，每天晚上，莫迪叔叔会从外面回来，然后爱达祖母会给他做晚饭，每次离开的时候，叔叔几乎都一言不发。当然，这件事本身并没有什么特别发人深省的地方，也没有什么特别令人不安的地方，甚至谈不上有趣。但当我在这些人物之上另外添加些什么，比如见到幽灵，那么这个故事就开始变得有点吸引人了。

记住，所有这些人都是或曾经是真实的，但他们或许不会在我设置的语境中认出自己。我写的是我真实的亲人，但是我加了从其他完全陌生、我从未谋面的人的生活中观察到的细节。

当然，也许我又一次在戏弄你。也许并不存在莫迪叔叔，也没有爱达祖母，也许我从来没有哪个学生的父亲见到过幽灵。事实的真相对你来说并不重要。它有趣吗？它可信吗？这些才是重要的。

不加以融合的写作

有时候，有些作者会勇敢地，或者是傻傻地，决定写亲人或者朋友，而且想不改写或尽量少地改写这些人物。首先，这样写真的很难，而且这很要命，你不得不担心当艾琳娜阿姨果不其然看到你写的故事，看到这个以她的生活为原型的故事时，她会做何反应。我在这里先假想了这种消极反应，但是据我观察，人们对被你写在故事里这件事很少像你想象中的那么不开心。你的艾琳娜阿姨通常不会认出她自己，或者即使她认出来，她也会无视她身上那些也许被塑造成负面的东西。

当托马斯·沃尔夫（Thomas Wolfe）刚开始写《天使望故乡》（*Look Homeward Angel*）时，他在自己的故乡阿什维尔受到了排挤，甚至连露面都不行，因为他写了故乡的“他们”，并讲了很多关于“他们”的秘密。书出版后几年，沃尔夫成了举世闻名的作家，那时，对他恼火的人却都是当年他没有写进书里的那些人。

另一个阿什维尔当地人盖尔·古德温（Gail Godwin）曾写过一部小说《老妇人》（*The Old Woman*）。在这部小说里，她把妹妹和母亲写成故事里的角色，并在某种程度上做了一些演绎。在《成为作家》里，古德温回忆了她妹妹的抱怨：“她最好永远别再把我写进小说。我不想被冻结在印刷品里过完下半辈子，不想永远穿那些蠢笨的衬裤和短裙；我也没有那么胖，她把我写成了又高又壮的怪女人。”古德温的母亲则体谅得多，她说，很显然，基于她的那个角色过于愚蠢和消极，但这并不是真实情况的反映。古德温的妹妹回应说，那个角色已经被读者认定为是她母亲。“好吧，那一定有些部分漏掉了。”她妈妈说。

小说家布雷特·洛特（Bret Lott）在他的小说《珠儿》（*Jewel*）中描写了自己的家庭，而且几乎没做任何改写。这个故事以他祖母的生活为原型，讲述了一个女人照顾其第六个孩子的故事。这个孩子患有唐氏综合征，母亲为了照顾他，最终不得不违背丈夫的意愿，不得不牺牲其他五个孩子的大部分童年。书出版后，他去了他祖母家。她很开心见到他。她带他去了屋子后面的院子，让他在餐桌边坐下，说：“好吧，这是一本很美的书，但是我想跟你说说关于你祖父的那部分，当时我对他可没有你写的那么糟糕。”洛特有些吃惊。“我说，‘祖母，这是小说。’你知道，小说家总是这样找借口，所以我也这样来推诿。当我写这本书的时候，全家都知道我在写她和这个家，我觉得她不会认为书和真实的家庭故事有什么区别，这是很危险的，尤其是我在小说里用了每个人的原名，那是他们的真实姓名。我事先征求了所有人的同意才这么做的，我没有比用真实姓名更好的办法：珠儿、莱斯顿、威尔曼、伯顿、比利·简、安、布兰达·凯。所以在她心目中，虚构和真实之间的界限非常模糊。但是故事的另一面，所有的兄弟姐妹，她的所有孩子，那些被涉及的人都曾对我说：‘你写得完全准确。’事实上，她确实摧毁了她丈夫的意志，也就是我的祖父的意志。这是现实，但是她不想面对，觉得没有必要去面对。”

洛特的第一本小说是《拥有佛蒙特的男人》（*The Man Who Owned Vermont*）。由于这本书，他不得不面对来自父亲的反对意见。“《拥有佛蒙特的男人》描写的是一个推销皇冠可乐的销售员。我父亲就是推销皇冠可乐的，从1951年到1982年，他就是在做这个。你读了那篇小说就会发现，故事对汽水推销员的描述是挺轻蔑的。主人公自己都不相信自己所做的事情，所以整件事情就显得很虚伪。书里有句话，主人公说他一生推销的都是正常人在头脑清醒的时候一定不会买的东西。化学添加剂、碳酸水，还有焦糖着色剂，谁会真的想要这个？因此我爸爸说了很多次：‘我知道，你认为卖汽水就是浪费生命。’我告诉他那不是真的。我只能说：‘爸，这是小说。’”

获得许可

有时候，如果要写这些亲戚朋友，你要先获得同意，你要先征求艾琳娜阿姨们、珠儿们，或者你父母的意见。如果你要写一位亲人或者挚友，但却有些犹豫，那就要问问自己为什么。你确定你的朋友或者亲人会认出他们？如果是，你能做怎样的改写，好让角色没那么容易被识别？如果还是不行，也许你需要直接找你要写的人物征求其许可。如果他不愿意，那么你将不得不尊重他的意愿，或者做好准备，要失去对方的欢心。但是，他的反应也许会取决于你如何询问。如果你表现得局促不安，让这件事看上去很可怕，你可以想象，对方会给你一种自卫性的、负面的回应。如果你对你要写的故事稍加解释，说明这会是一个虚构的故事，他的生活非常吸引你，值得探索，他的反应也许会是积极的。但是，我不能打包票。没有任何一定之规来指导我们如何获取他人的许可，但是我们在后面会说到相关的道德和法律问题。

要记住的是，写作需要勇气，如果你永远用那些安全且不会惹任何麻烦的材料（即使麻烦仅仅是你纠结于是否要揭露与家庭相关的材料），你的作品最终看起来也许会很呆板、拘泥。好的写作会有冒险，有时甚至会让作者和读者都躁动不安。虚构小说并不一定需要反映世界原本的样子，而且即使是对真实世界的反映，也是为了记叙冲突。我们大多数人会在真实生活中尽力避开冲突。但是在所有的虚构故事中，冲突是一个关键要素，正如它是生活中的一个要素一样。我们是不完美的造物，我们在冲突中繁荣，这种冲突可能展现在电影追逐场面的最后，一辆车剧烈爆炸，这样的冲突比较低级和劣质；也可能是微妙的，比如一个同时代的短篇故事里描绘的内心冲突。

在虚构小说里，人们常常面临道德的选择，有时候人们会选错。如果你按照世界本来的样子写，而不是按照你希望的样子来写，毫无疑问你会得罪一些人，虽然不一定是你的艾琳娜阿姨。正如弗兰纳里·奥康纳所说，讲故事是“尝试让不想听的人听，让不想看的人看，我们无法为了取悦读者而改变我们看到的，但是我们必须尽可能全面地将看到的传达进我们读者不宽阔的心胸，从而激发他们各自不同的反思”。

但是，非常重要的一点是，要避免写作中的唯我论调，即认为人们的存在仅仅是你杰出的小说和故事的素材。唐纳德·巴塞尔姆（Donald Barthelme）在他的故事《作者》（*The Author*）中讨论了这一点。《作者》讲的是一个写小说的母亲，在她的小说里，她毫无顾虑地抖出了她已经成年的孩子的丑事。其中一个儿子是迈阿密的一名医生，有一群“生存第一”主义者朋友。她还写了女儿维吉尼亚，维吉尼亚曾遭遇一场车祸，当时她血液中的酒精含量是0.18%。另一个儿子恐吓要起诉她，因为她写了他的一项爱好，即“从对现实不满的医疗队军士长手中购买美国军用吗啡注射器”。故事的叙述者以前是个在逃的博物馆馆长，现在已经刑满释放，之前他母亲披露了他从博物馆偷窃了几个“无关紧要的”美国印第安圣物。他曾经质问母亲，问她为什么要这么做。她冷酷地回答：“因为你是我的。”

演绎角色

不论你的角色原型是谁，作为作者，你必须尽可能地将自己想象成一个演员。你必须进入角色，并了解这个角色。这就是细节非常重要的原因，小小的细节可以决定人物的生命。了解人物及其动机的最好办法就是去上表演课。当然，绝大多数好的作者理解事物时，比如说理解动机，是凭借直觉的，就像很多人从未读过弗洛伊德，但能凭直觉理解他的移置和投射理论。

作者如同演员，必须相信你写的角色。如果你不相信你的角色是真实的（不论原型是你的卢克叔叔，还是你朋友的肖迪叔叔，还是你自己凭空想象的），你的读者一定也不会相信。

我并不是说你故事里的肖迪叔叔应该是真实的肖迪叔叔的副本，而是说你要能回答所有关于这个角色的问题，无论问题看上去多么不重要。比如，“肖迪卧室的窗帘是什么样子的?”你要能回答：“他卧室里并没有窗帘。”或者给出其他你认为最适合这个角色的答案。这些细节并不一定都要写进故事里，最重要的是，你要让你的角色——不论他们的原型是谁——看起来是会呼吸的、活生生的、在你落笔之前就曾存在的。你要让他们有一种历史感。

寻找正确的细节

不论你的故事或者小说里的角色是全部基于想象，部分基于想象，还是基于真实生活里的人物，这都不重要。重要的是，人物对于读者的可信性。可信并不等同于真实。很多作者描写的是异域风格的人物、情节及场景，而且让读者心悦诚服。这是因为他们会通过突出的细节描写让笔下的人物和世界显得可信，通过身体的、知觉上的细节让人物在读者心目中变得鲜活。我们通过感官感知生活，这就解释了当我们通过虚构写作重塑生活时，如果我们运用感官细节，就能够创作出关于真实生活经验的幻象。

描绘一个人物时，你必须选择能让角色深入读者内心的细节。像“卢克叔叔是个大块头的男人”这样简单的描写难以使角色产生让人过目不忘的效果。块头有多大？“卢克叔叔觉得唯一穿得舒服的裤子是二手的孕妇装。”这样，卢克叔叔的一些特征就体现出来了。这个句子一方面表现出卢克叔叔也许有一种荒唐的节俭，另一方面也成功地表现出了他到底块头有多大。

当你描写真实人物，尤其是你很熟悉的人时，通常的情况是细节如洪水般袭来，大大超过了你可能要在故事里用到的部分。将这些细节尽可能地写在你的日记里，然后精选其中极少数的、在你心目中特别能体现角色特点的细节。如果卢克叔叔的显著特点是他的鞋码（也许他穿 47 码的鞋子），那就将这一点塑造成他的典型细节。很多这样的细节会让卢克叔叔与众不同——不单单是他的鞋码，还有他浓密的大胡子，从来不洗头，还戴一顶油腻腻的克利夫兰印第安队的棒球帽。也许你侥幸不需要写出所有这些细节，但你也许不得不使用其中的一两个，让他看起来不只是像漫画中的人物。你会选择舍弃哪些细节呢？也许你选的会和我选的不同。但细节描写得越具体，对读者来说，它就会越深刻，这是一条很好的经验法则，可以帮助我们决定在小说写作中哪些细节要留着，哪些细节要舍弃。

同样，你不需要一下子把所有的细节呈现给读者。事实上，如果你这么做了，这些细节会搅在一起，你的角色会变得模糊，效果和你不给读者展现细节一样。作为小说家，你必须学会慢慢地给出你角色的信息，而不是匆忙地全部给出，然后再也不提及。举例来说，如果你打算保留油腻腻的棒球帽，这个细节在故事里该有些作用，关于鞋码也是一样的道理。不仅仅要通过细节让读者了解角色是谁，有可能的话，还应该让细节成为故事的情节。否则，这顶棒球帽只会分散读者的注意力，成为一个不相干的点、一条失败的线索，除了表现作者的一时兴起外，并不能达到任何目的。

类型和刻板印象

类型不同于刻板印象。类型化的事物不一定会成为刻板化的。举例来说，一名管道工通常会有这个行业特有的工具：清理管道用的铁丝、一辆卡车或货车、一套方便在地下四处爬行的连体服，还有一个手电筒。所以，对一个管道工人的刻板印象是什么？可能首先进入我们脑海的是开价过高，或者是松松垮垮的裤子。但这些是负面印象，因为刻板印象总是不公正的、有点侮辱人的。这并不是说在真实生活中，这样的刻板印象是完全错误的，甚至是不存在的，我们所说的只是它们陈旧、会被滥用，而且不公正。这就是刻板印象，一种对个人或者人群的非独创性的印象，经常含有贬义。

你在生活中遇到了一个符合刻板印象特点的人，然后你将他写进小说，但这并不意味着你要创作一个刻板印象的角色。写小说要避免刻板印象，原因应该是显而易见的。首先，贬低他人并不是一件体面的事情。再者，为什么要费尽心力去加深旧的成见呢？为什么要去写一些已经重复过上千次的东西？小说里的人物看起来应该是复杂的，能使读者相信其是有血有肉的。真实生活中有血有肉的人物不需要看起来很复杂。如果你有一个朋友，他开着大轮子的皮卡货车，车上放着枪架，保险杠上贴着“生为美国人，主赐为南方人”，身后还跟着一条叫奥蒂斯的美国蓝斑狗，你也许会说：“哇，这太符合刻板印象了，但他依旧是我的好兄弟。”但是，如果你准备把好兄弟写进故事里，我也许会说：“抱歉，太多刻板印象式描写了。把他塑造得更真实些。”然后你会说：“我该怎么做？如果我把他塑造得更真实，我就是在虚构了。”而我会说：“就是这样！”

历史形象及名人

有时候，小说家会在他们的故事里用到历史上的人物，甚至是名人。巴里·汉纳绝对称不上是一个历史小说家，但却在这个领域成功突袭。他的短篇小说集《飞船》（*Airships*）备受称誉。其中有三个故事涉及杰布·斯图亚特，一位美国内战时期南部联盟的将军。“杰布·斯图亚特吸引了我，他和我如此不同，”汉纳说，“他是一名29岁的将军，长老会教徒，从不吸烟或喝酒。他冲劲十足，是最后一名英雄式的骑兵。他几乎具有我所知道的美国南方人的所有优点，还有骑兵时代人的所有优点。我阅读了大量杰布的资料，然后开始写作，我对他周围的人和事非常感兴趣，对一名英雄对亲近他的人的影响很感兴趣。我运用了我知道的关于他的资料，但是我也编了我自己的演员阵容，分布在他的周围。其中有一个同性恋家伙，我想同性恋联盟兵一定未曾被人写过。”

小说写作中，无论是何种小说，你都必须有信心运用你的想象，去改写历史人物或现代名人，将其塑造成你的角色。你正在历史中搅弄风云，对胆怯的作者来说，这是令人畏惧的挑战。但是如果你想要这样的故事，记住，你在写的是小说，不是历史。还有，根据故事的目的，你也不需要完全遵循关于你的写作对象的史实。如果你是个荒诞派，你可以写一个故事，描写处于事业下滑期的朱迪·加兰如何开始玩相扑。很显然，这完全和她的真实生活大相径庭。但是很多作者这样写，而且效果很好。这些故事更倾向于文化隐喻，而不是对人物真实生活的探索。这并不是说，这两点是互相排斥的。在巴里·汉纳笔下，杰布·斯图亚特的故事既含有对新旧南方文化的隐喻，也有对杰布真实生活的描写。

“大部分的历史不是记录在书上的，”汉纳说，“所以你能发挥你的想象。他们的日常生活并不在书上，你只能看到表面。这并不是说因为我努力做了那个时代的功课，所以我的猜测会八九不离十。但我们要做的是抓住角色在一个具体时刻的样子。人们并不总是姿态优雅或者充满英雄气概。哪怕是最优秀的人，有时也会说难听的话。他们肯定不总是在演讲，他们也要起床，也要先穿上裤子。这些历史从来不会记在书里，于是我便着手把这一部分写出来。”

写这类小说，最重要的就是做研究：要知道关于那个时代的事情，知道关于那个人物的事情。你可以去图书馆查阅关于你要写的人物的报纸文章的胶片资料，也可以上网查。但要注意，网络上会有很多可疑的“事实”，你需要辨别真伪。关于网络内容，最好的经验法则就是：考查信息来源。你要阅读那个人物的自传，不能只读一部，而是两部或三部。传记作家们并不需要互相认同，所以通常你可以通过读多本自传来获取不同的视角。接下来你便可以判断哪些视角才是最准确的，或者你可以创造你自己的视角。某种程度上，你必须创造你自己的视角，否则你的故事将仅仅是把别人写的传记又回炉了一遍。

在这样的故事或者小说中，如何引出你笔下的那个著名人物，这个问题很重要。如果你不谨慎，会很容易与读者产生隔阂。如果你仅仅依赖对著名人物的刻板印象，或用耸人听闻的方式介绍他，那么几乎可以确定，你的读者不会相信你的故事。看看这样一个开篇：

> 拿破仑坐在梳妆台旁，手放进上衣衣兜里，对着镜子孤芳自赏。

这个开头很愚蠢，而且没遮没掩，直接写历史人物。从另一方面讲，你不能让读者读太久都识别不出你那个著名主角的身份。当读者看了 30 页才发现你写的人物是谁，他们也许会抱怨连连。

《爱因斯坦的梦》（*Einstein's Dreams*）是艾伦·莱特曼（Alan

Lightman）的小说，在写爱因斯坦如何发现时间性质的时候，作者用了一种近乎印象主义的形式。这是小说的开篇：

> 在稍远处的街道上，一座钟楼传出六声钟声，然后沉寂下来。那个年轻的男人趴伏在桌子上，拂晓时他就来到了办公室，在另一场动荡后。他头发凌乱，裤子也显得格外肥大。他手里攥着20张揉皱的纸页，那是他新的时间理论，他今天就要把这份理论寄给德国物理学期刊。

有几点让这个开篇显得可信。显然，由书的名称我们便知道了主人公。第一段没有提及他的名字，他的名字不用被提及，因为爱因斯坦是一个全世界都知道的人物，读者也已经对这个故事有一定的知识储备。时间理论就是一个彻底暴露的线索，为数不多的关于这个年轻人体貌特征的描写也是，尤其是没有梳理的头发。读者会立刻联想起那张著名的照片，照片中年长的爱因斯坦顶着四面开花的头发。你的主人公越有名，你就越不需要在明显的事实上花费笔墨。

另外要注意的是，作者用现在时态写这个故事。这让我们有种即时感，我们就像在看一部以慢动作展开的电影，伴随着声音和影像：远处正在响起的钟声，还有倒在桌子旁的男人。这一段使用的是第三人称，客观，又在给读者提供信息的同时增加了一种冷静的权威感，这些事实正如它们本来的模样，没有经过任何的阐释——至少看起来确实是这样。在介绍一个如此著名的人物时，很难有比这更好的办法。突出的细节，以及对读者已掌握的关于这个人物的知识的微妙处理，都是这个段落成功的原因。

练习

1. 选择一个职业，列一份关于这个职业的刻板印象的清单。然后再列一份清单，列举这个职业的独有的特点。现在写一个情景，里面要包含一些（尽管不是全部）特点清单里有、刻板印象清单里没有的内容。为了让主人公更真实，以一个你在现实生活中知道的或观察过的相关职业的人为原型。

2. 回忆一个你熟悉的人，朋友或亲人，最好是有点怪的人、有鲜明性格特征的人。列出两三个这样的性格特征，并将它们写在纸的最上方。现在创造一个情景，让你的朋友或亲人在这个情景中展示这些性格特征。尝试通过对话、动作和突出的细节来表现他们。所以如果你的卢克叔叔像个小孩，健忘，并且慷慨，那么就创造场景，把这些特性表现出来。但是要尽量避免简单的关于慷慨、健忘等的刻板描写。

3. 用同样的主人公再写一个情景，但将他转化成另一个人物。改变他的个性特征中的一两处，将他与另外一个朋友或者亲人融合。改变他的姓名、年龄、性别。发挥你的想象，这样，你写的人物最后虽然以你的朋友或亲人为原型，却完全不再是那个人。

4. 写一个关于你非常熟知其生活的一位名人的情景。在情景里不要把太多笔墨花在他为什么出名上，而是要突出他生活里的具体细节，展示其作为普通人的一面。

5. 采访一位亲人，请他回忆特定的某年。随便挑一个年份，比如 1975 年，让他尽可能详细地回忆那一年：世界发生了什么，国家发生了什么，及至州、城市、街道、家庭和他自己。当你缩小你的问题范围时，一个越来越鲜明的画像就出现了。采访结束后，写一个他置身其中的情景，时间设置在你采访聚焦的那一年。选一些突出的细节，让你的亲人和 1975 年的世界变得鲜活。这是故事的开头吗？

第五章 真实的故事

即使表面上你写的是自传类作品，你仍然应该是一名正在演绎角色的演员，而最难演的角色就是你自己。约翰·巴思（John Barth）曾写过一篇小说，名为“生活—故事”（Life-Story），里面串起全文的就是自传体小说这个概念。这是部让读者抓狂的短篇，讲的是一个人在写故事，故事名为“生活—故事”，讲的是一个人在写故事，故事名为“生活—故事”……如此反复，永无休止，就像那个叫“消失中的镜子”的把戏。故事中的这个男人被拉进自己写的第一句话里，无法摆脱，从而使写小说成了空想。

这里我们强调的是，如果你要写以真实生活为原型的故事，那么你必须承认一点：你不能讲全部的事实，也不能只讲事实。基于真实生活的写作是记忆和想象之间一场持久的对话。你必须给想象力留出徜徉的空间，这样才能成功地写出以真实生活为原型的小说。你必须灵活地处理你的生活，但做起来比说起来要难得多。在《成为作家》中，盖尔·古德温提出了这样的问题：“事实和虚构：虚构和事实。依据事实的自传是如何逐渐变为艺术加工过的记忆？你如何知道什么时候停下，不再讲事实本来的样子，而是将它塑造成它应该成为的样子？或者，是什么造就了一个更好的故事？”在这一章，我们将探索基于真实生活写作的小说的各种类型，并讨论将真实生活转化成小说的策略。

自海明威时代起，就有一套愚蠢的理念在一些作家中流传，说什么你必须先亲历生活，然后才能书写生活。这是不对的，至少在狭义的经验层面上是错误的。弗兰纳里·奥康纳说过，只要我们经历过童年，在余生，我们就有足够的东西去写。你是否真的在北卡罗来纳州的海岸边钓过或刺过鱼，你是否真的在圣奥古斯丁见过蓝脚鲣鸟，这些都不重要。你需要的是在角色设计和想象力方面有足够的深度和广度，从而让我们相信你在故事里展示的经历。这才是唯一重要的经历：读者对故事的体验，他是否相信你，你是否创造了一种电脑都无法完成的、更为先进的虚拟现实。

许多写小说的新手都想成为记者。很多记者会坚持认为他们在追踪真相，然而事实是，许多记者更擅长编造故事，不论他们是否存心如此。问问任何一个曾经接受过媒体采访的人，或者在下次发生什么灾祸的时候，换几个频道看看满天飞的报道会有怎样疯狂的不同。任何哲学基础课都会告诉你，真相是由观察者的角度决定的。所以，你为什么总要在乎你生活中发生的事情的真相是什么呢？事实之所以重要是因为它发生了吗？发生本身会让一件事成为一个好故事吗？小说家追踪的真相与记者追踪的不同，可是重要性却丝毫不逊色，甚至到了最后，小说家会更诚实。小说家所遵从的是福克纳所说的“永恒的真实”。当然，这听上去有点冠冕堂皇，却很有福克纳的风格。毕竟，他是福克纳。换个角度说，如果是你，也许不应该到处说你要写永恒的真实，因为人们可能会想教训你一顿。

但讽刺的是，在寻求真实时，我们必须经常撒谎。问问取得成功的骗子他成功的主要原因是什么，他也许会告诉你，你必须相信自己说的谎话。你必须相信这是真的，要态度真挚，否则听者一定不会相信。说谎，如同生活，是在细节中的。真正发生了什么并没有多大关系。你必须像看待一件伟大的拼凑作品一样看待你的生活。《纽约时报书评》（*New York Times Book Review*）曾刊登过一篇文章，讨论亨利·罗思（Henry Roth）。作者莱昂纳多·迈克尔斯（Leonard Michaels）认为，罗思“以小而真的事件开篇，然后想象它们在情感上对人的影响，之后赋予它们富有想象力的表达，最终作品中呈现的故事与最原始的那件小事已经有云泥之别了”。作家苏珊·弗龙伯格·谢弗（Susan Fromberg Schaeffer）曾致信《纽约时报书评》，信中也生动地讨论到了这一点。她说，在写作时，“小说记录了现实与想象力之间轰然碰撞时撞击出的巨大火球”。这句话值得记下来，时时让自己看到。

在《林中之死》（*Death in the Woods*）中，舍伍德·安德森向我们展示了关于大爆炸的一瞥。故事讲的是一个年迈的无人疼爱的女人，曾被一个又一个男人欺凌，最终有一天，在从城里走回自己农场的漫长道路上，她倒下，然后被冻死了。她是一个孤儿，从小就受到虐待。年轻时，她在一个性格残暴的农场主手下做牛做马。后来，丈夫和儿子对她也很残忍。在树林里冻毙时，她身边只有一群野狗围着她吠叫，野狗把她尸身上的衣服都咬破了。

在故事最后，故事的叙述者突然闯入。当时，叙述者还年少，他讲述了如何和哥哥等一群男人找回被冻在雪地里的遗体。然而出乎意料的是，他告诉了我们这件事对他后来的生活产生了怎样的影响：

> 我只记得树林里的情景，记得站在那儿的人们，记得那具赤裸裸的、像少女似的躯体，脸正埋在雪地里，还记得那条狗奔跑时踩出来的跑道和头顶上清明而寒彻的夜空……
>
> 就是这林中的情景，在我不知不觉中，成了我现在正在讲给你们听的这个真实故事的原始材料。你们知道，我是在很久以后才慢慢地收集到其他一些零星材料的。
>
> 事情就是这样。我后来长大了，成了一个小伙子，我也在一个德国佬的农庄里干活。那个雇来的姑娘也很怕主人。那个农庄主的女人也恨这姑娘。
>
> 我在那儿明白了许多事情。后来有一次，也是一个清朗有月的冬夜，我在伊利诺伊的树林里还真有点不可思议地遇到过那些狗……对我来说，那件关于老妇人之死的事情变得就像从远处飘来的音乐声。每一个音符都得慢慢琢磨才听得清楚。其中有些东

西还得加以理解。①

这段文字包含了所有你需要知道的以真实生活为原型写小说的要点。那些记录下的内容每次都要慢慢挑选。其中有些东西还得加以理解。

酝酿思路

每次在我朗读完自己的作品之后，总有人问："你的灵感是从哪里来的?"灵感有无数种来源，从梦境到无意中听到的一段对话，再到家庭里流传的家族故事。这类问题还有一种变体："你是怎么让灵感一直伴随自己的?"我给出的答案则很简单："因为活着。"你写得越多，你就越能自然地生成思路。一位老师曾对我说，在准备素材方面，所有你需要做的就是不断观察周围，同时睁大你的眼睛。这听起来很容易，实践起来却很难。我们常常陷在日常的例行公事里，很少关注身边的世界，就算注意了，也是以一种太熟悉、没有惊喜的方式去看。换言之，作者必须尝试在熟悉的环境中发现新的东西，以一种初次邂逅的态度来观察世界。这就是孩童天生很有想象力的原因。他们不知道世界的边界，他们没有期望。如果你有期望，如果你知道你在家门口每天都会看见同一棵树，你就不会有什么新想法。换个角度，问你自己一些关于那棵树的问题：那棵树到底挡住了什么？它挡着你看邻居家厨房的视线了吗？你的邻居是谁？谁种下了这棵树？

对大部分作者来说，有思路并不难，难的是坚持下来。有些人觉得自己身边根本没发生过什么有趣的事，所以也就没什么可写。我不相信。即使你一生都待在同一个地方，同样的街道、同样的房子，也

① 布鲁克斯，华伦．小说鉴赏［M］．王万，等译．北京：中国青年出版社，1986：258～259。

并不意味着你的生活一定是琐碎无趣的。只是你认为一切理所当然罢了。你从不留意。但如果要写作的话，你必须留心观察你的生活。

如果你有较长一段时间没写故事了，或者你从来没写过故事，那么你的想象力也许有些迟钝，自信心也许有些不足。这种情况下，你应该从写日记开始。做头脑风暴，列出五个你至少五年未见的人的名字，你为什么没见他们？列出五个你说过的谎。这些练习有什么共同点？它们都有一个冲突性的核心，哪怕这种冲突只是潜在性的，而冲突是任何故事的核心要素。你不需要一定采用这些练习，任何激发你回忆、兴趣的事情都可以达成同样的效果。

灵活性

如果想写一个关于 1976 年一次全家度假的故事，那么你要想一想所有其他以家庭为单位度过的假期，甚至你自己单独度过的假期。在脑海里将它们粘在一起。每段记忆仅截取有用的部分，然后舍弃其余的部分。现在我们切入主题，故事发生在 1976 年这一点重要吗？1976 年，你和孩子、父母或者其他朋友去黄石公园游玩，除了这是真实的事件及时间外，有没有别的事情让 1976 这个时间点更有说服力？如果真实性是唯一的原因，回头吧，你并没有像小说家一样思考。

但是，你认为 1976 年这一年对故事而言至关重要。它不能发生在其他任何一年。这个故事叫“两百周年纪”，讲的是两兄弟驾驶着小帆船，在 7 月 4 日独立日这天到达纽约港，想在这里看大船。此外，故事中的兄弟二人还很不一样，弟弟一心一意想要独立自主，而哥哥更关注家庭血脉间的联系。对我来说，故事听起来有点生硬，但这是你的故事。如果你想设定在 1976 年，并相信你能证明这是合理的，那就去做吧。

对一篇成功的、以真实生活为原型的小说来说，灵活性也许是最重要的因素。这与其说是策略，不如说是一种思想状态。如果你不愿也不能改变故事里的事件，因为“它们真的发生过”，那么你就没有想写虚构的故事，没有想写小说。如果你不愿意修改你的故事，那么你也并非真的想写小说。永远要记住，不管是不是以事实为原型，你是在写小说，你要想办法把未发生的故事融入到真实故事中去。

保持距离

不是生活中发生的所有事情都可以或者需要被虚构化。我们不能把发生的所有事情都看成是小说的潜在素材，这种想法很不好，也有点让人毛骨悚然，而且还可能导致过度的自我关注。不幸的是，我们身边总有一些作家或艺术家视自己为神仙，呼吸着和我们这群凡人不一样的更稀薄的空气。经历悲惨的事件后，人们才不会马上想到要拿这个素材去写小说呢。

有些人视写作为治疗。也许某种程度上确实是这样，但如果你需要治疗，先去找医生。如果说写作真的有什么效果的话，可能是让你神经更过敏。

如果是悲惨的事件，你通常需要保持距离。如果你父母在昨天的空难中去世，你确定你真的准备在今天写一个关于这起事件的小故事吗？一年会不会太短？三年？你为什么要写这个故事？为了对你的父母表示敬意？为了帮助自己走出悲伤？或者因为这会是一个好故事？第三个原因才是唯一正确的答案。也许这听起来很冷酷，但你要记住，我们现在讨论的是如何写小说。故事发生在作者身上，或者对作者来说很重要，仅仅这些都不足以使故事变得有力。不过也许我们要在这里区别个人写作和公共写作。如果是个人写作，你可以写任何你想写的，以任何形式，出于任何原因。但一旦你要将故事公之于世，一旦你要寻找读者，读者没有任何义务去善待、悲悯或者喜欢你写的东西。设想一下，如果你把你写的故事给一位熟人看，他看完后说："天啊，这些人多坏啊！我真高兴那对父母在空难里死了。活该！"这时，你会怎么想？

同样，你需要站在一定距离之外才能判断你父母在惨烈的空难中去世这件事是否会成为一个好故事。可能不会。虽然悲惨且恐怖，但仅仅这些因素并不能成就一个好故事。有一个问题是，尝试写悲惨故事的人会觉得对材料有一种所有权，这种感觉会让作者变得不灵活。没有什么是一成不变的，所有的事情都必须服从修改。如果你想保证你笔下的真实，一个字都不愿意修改，那么，很显然，你离你的主人公太近了。你的熟人和朋友可能会说："我认为从主题上来说，改成父母在快艇事故中去世，故事会更精彩。"如果你拒绝考虑这个建议，原因仅仅是事实并非如此，那么请把这本书翻到前面关于回忆录的那一章。

有时，时间的流逝会带来我们需要的距离，但在这个过程中也有一些技巧可言。如果你写的是自己生活过的地方，那么离开那个地方，这样，你也许会找到更好的视角。你可以尝试改变主要角色的性别或者年龄，或者改变叙事角度。通过做一些改变，你不再是故事里的你。不要把主要人物想成你自己，这一点很重要。角色可以以你为基础，但是你必须做一些必要的区分。如果不这样做，你也许会阻止那些你不愿意发生在自己身上的事情发生在角色身上，你甚至还会让笔下的人物举手投足间用你一般而言不会采用的方式。不论你多么好，多么有英雄气概，这样的叙事角度都不会让故事更有吸引力。

间接性

一般而言，写悲惨事件的影响要比写其发生过程更好。与其以一次恐怖的车祸作为故事的结尾，不如把它作为开头，如同小罗布利·威尔逊（Robley Wilson Jr.）在他的短篇故事《最爱》（*Favorites*）中那样，巧妙地以一个男人的妻子在车祸中身亡为开头：

> 9月的一个周六的下午，一次车祸夺走了他妻子的生命。正如州警察对他解释的，她刚从杂货店买完东西，正在将小车开向购物中心前面的高速公路。这时，一个年轻男人开着一辆小型卡车，猛地撞上了她的车，撞击部位刚好是驾驶座车门的后部。她当场死亡，连是什么撞了自己都不知道——街头巷尾都在谈论这件事，警察也是这么告诉他的。肇事者没有受伤，他喝醉了，而且有幻觉，判决结果还没有出来。非常遗憾。那辆小车完全报废了。

描写完车祸后，威尔逊开始专注于他的主角——那个丈夫。他没有把写作重点放在车祸这件大事上，而是将目光投向一些更小的、看上去没那么重要的事情。那个女人对丈夫说的最后的话好像是“我做了你最爱的甜点”。然后故事描写了男人慢慢吃完妻子做的最后一顿饭的过程。这就是间接性，即不从正面而是从侧面来处理这起悲剧。故事中，丈夫有意用了几天时间慢慢吃完了甜点，这个细节有力又巧妙地展现了他的悲伤以及他对妻子的爱。

这个方法用在短篇小说里格外好。根据定义，短篇小说篇幅短，而且从某种程度上说，整体结构较弱。最主要的问题可能是，如果你尝试用一种简单直接的方式表达这种情感的冲击，你的作品看起来会很戏剧化，而且情感浮夸。如果你只是描写灾祸发生的过程，比如你儿时经历的一场车祸，那么事件本身也许会淹没你的人物，你的故事可能只展现了生活阴暗的一面，而缺乏情感的力量。

生活可以是戏剧化的，某些情形下用极端的方式去表达情感也没有错。比如说，你父母开着飞机在空中练习环形飞行，这时飞机突然在高空燃烧成一个巨大的火球，而你在地面亲眼目睹了这一切。但小说不是真实生活。小说是匠心独运的文字艺术，真实生活中有用的东西到了小说中却不一定有用。

有些人在阅读《最爱》时，会因小说那种“就事论事”的语气感到不安。再看一遍小说的第一段，字里行间确实有一定的距离和讽刺，特别是一些表达，比如“非常遗憾”。但这并不意味着这个故事是冷血、不诉诸情感的，当你看到最后一段时，把它读出来，你很难不感到难过：

> 有一天晚上，妻子做的甜点只剩一块了，他将它切成两半。接下来的那天晚上，他将半块甜点又切成了两半。然后他一定意识到了自己在做什么。第三个晚上，他吃完了剩下的所有甜点——甘美的、无可替代的盛宴——然后，将空盘子浸泡在厨房的水槽里。

下面我要区分的是廉价的多愁善感和真实的伤感。前者总是试图用一种老套又让人厌烦的方式触动你的心弦：孤儿在雨中哭泣，或者迷路的小狗在街上寻找温馨的家园。没错，这些事情在真实生活中会让人心碎，但在小说中却没有什么独创性，把这些留给六点钟新闻吧。相反，真正好的故事里的情感力量会在不知不觉间抓住你，毫无征兆，力量却是双倍的，因为你不知道它会从哪里扑面而来。

这里的悖论就是，你留白越多，就隐藏得越多，当读者边阅读边等待情感的释放和宣泄时，你给读者创造的状态就越紧张。如果你在每一页都发泄，描写恐怖的车祸现场——鲜血从伤口涌出，人们在尖叫——读者会很快觉得，你作品里的这种稳定存在的尖锐基调很无聊，就像我们很容易对六点钟新闻感到麻木一样。经常性地释放情感，其效果有悖于短篇故事的本质形式——在短篇小说中，故事是在上升的行动或者不断营造的紧张状态引导之下逐渐走向高潮的。

这不意味着你要避开灾祸。需要避免的是让小说中的人物以一种可以预料的方式来面对灾祸。你要让读者去想：为什么你的反应不能像个正常人？你的眼泪在哪里？就像恐怖电影的导演要观众去想：不，别走楼梯，笨蛋！

正面方法

在写作的某个时刻，大部分作者会在纸上写下一句让他们感到不舒服的话，一句看上去对情节揭露得太多的话。福克纳在接受诺贝尔文学奖时说："人类的心灵本身就处在矛盾中，而这就可以写出好的作品，也只有这才值得去写，值得作家付出痛苦与汗水。"最糟糕的写作就是写那种不肯做任何冒险的小说，但是这种作品已经出版了大批，而且还广受欢迎。这种小说之所以糟糕，是因为它们让读者满足于现世安稳，强化了人们对世界简单却似是而非的认识。好的小说常常讨论道德难题，但不会给出简单的答案；好的小说书写那些不幸的、两难的选择，而这些选择不会带来清晰的胜利，或者好莱坞式的大团圆结局。它们给人们指出的出路总是让人无法释怀，或者惴惴不安。

有些作者把间接性丢弃，以一种直接的方式处理最痛苦的主题，这更多的是因为作者的个性，而不是写作技巧问题。比如，莎伦·索尔维兹（Sharon Solwitz）不喜欢间接性带来的舒适，她喜欢剑走偏锋，直抵咽喉。索尔维兹能描写生活中最戏剧化的时刻，却不会有不小心栽入情景剧的风险。而且，她也能书写与她自身非常相似的角色。对于她的作品，她说："当我刚刚开始写作的时候，我习惯从过去——和我有时间距离的过去——选取有趣的东西来写，所以我写了很多自己青少年或者孩童时期的故事，那有种天然的距离。但是现在，特别是最近，当我感到有问题还没解决，我就会感到紧张，我就会抓住我眼前的这个问题，然后开始写它。”

即使在早期的写作中，她也尽可能地挖掘与自己的秘密或者恐惧相关的材料。对于那些希望用她的方式写作的人，她建议先从一个句子开始，先写一行让自己起鸡皮疙瘩的文字。但是，她补充道：“写作最不能忍受的是有些作者不考虑写作手法，一心只想把个人的情绪问题摊在纸上。一个人物哭诉了十页，说自己多么需要被爱，而读者却只想合上书，就如同在公车上，我们想赶紧换座位，好避开坐在身边的那个一路上喋喋不休的人。但是，处理那些刚刚发生的冲突时人们难免会激动，这时需要注意，这种激动可能会发生变化。一开始，你的心情可能很躁动，心在嘶吼和咆哮，但是就在某个特定的时刻、某个特定的地点，创作的灵感会从蛹壳的束缚中突然绽放出来，而你就知道怎么写了。”

索尔维兹的短篇小说《如履薄冰》（*If You Step on a Crack*），展示了她这种独特的能力。《如履薄冰》是以索尔维兹的真实生活为基础写就的短篇小说。索尔维兹在自己的胸部发现肿块，并去医院做了活检。她心中充满恐惧，所以决定动笔用这部短篇小说描述自己当时的处境。她和小说里的主人公都是已婚女人，住所都紧邻芝加哥箭牌球场，而且两个人都为棒球迷们聚在楼下的巷子里吵闹而感到烦恼。

索尔维兹冷静、睿智，和所描写的对象保持距离，同时又不会在情感描写方面有任何不足。小说的开篇没有直接描写得肿瘤这个巨大的打击，没有连声追问“肿瘤是不是恶性的”，索尔维兹稍微偏转了笔头，转而描写醉酒的球迷这一较为轻松的话题。

> 她的第一任，也是唯一的丈夫，坐在沙发上看赛前采访。从维乌兰德街的对面，向南隔着四扇门的地方，箭牌球场的橙红色灯光照过来，照在他的长袖衫上。他们住在三楼，从这里可以听到从楼下巷子里传来的凌乱刺耳的脚步声，那是小熊队和红雀队

的球迷们。他们正一阵阵地互相嘲弄着。红色的、蓝色的棒球帽涌向露天球场的入场口。“来，让我们庆祝他们的耻辱。”安迪说道。她和安迪结婚那么久了，久过身边任何一个朋友。安迪向她伸出手。

她一直在看巷子里一个二十多岁金头发的男孩子，他正在小便。“真有趣。”她说。不知这话是对他俩谁说的，还是对他俩一起说的。

一页左右之后，她讲了两个更大的紧密相连的困境，她可能患了乳腺癌，而她丈夫看起来似乎漠不关心。不论是在处理近期的还是发生已久的悲惨故事方面，这都是一个聪明的技巧。你不需要立刻让读者知道故事里所有的情形和危机，要用一定的时间来揭露人物的重要信息。但你也不能等太久再告诉读者，比如让他们等到故事的最后一行才说：“噢，顺便说一下，我是一只单峰骆驼，你们一直读的是骆驼的话。哈哈！”你的故事用的不是廉价的噱头。你不需要在故事的第一段就讲完所有的冲突，要慢慢地揭示这样的信息，特别是当你写的是创伤性故事的时候，如果你把握好时机，你的故事就会有更强的张力。

在这个故事里，女主人公还不知道医院的最终检查结果。这是索尔维兹的又一条好策略。是否真的患乳腺癌并不是故事要讨论的。虽然有些读者是因为这个原因才看这个故事，但故事的中心矛盾是主人公与丈夫之间的矛盾。而故事里最重要的是人物，是我们能从人物身上学到什么，或者进一步说，我们在这种创伤性故事里看到了人的什么本性。如果故事仅仅依赖于一个戏剧化的问题（她得的是癌症吗?），而非人物本身，那么它可能只是一个情景剧，并不具备真实的情感强度，不具备索尔维兹在她的故事里所实现的情感强度。

“这可能是一个很无聊、流于俗套的故事，”索尔维兹说，“一个女人害怕得乳腺癌。她做了检查。检查结果是：得了，或者没得。她要做乳房切除手术，或者不需要。她活下来了，或者死去。我想，我之所以让读者参与进来，是因为这经历具有不幸的普遍性。但是，我在酝酿这个故事的时候就知道，不论答案如何，不论她是活着还是死了，两者最终都不能让人满意。在面对好消息或坏消息时，我们都很无助，这一点作者是没有办法的。小说中的人物会因为担心事情的结果很糟糕而紧张，但是在修改时，应该去掉这些描写，这些都是陈词滥调。这种对未来的担忧应该作为一种心理设定，安置在小说的背景中。小说的前景应该是她和丈夫的关系——他拒绝了解她，拒绝理解她对活检结果的恐惧——以及随之而来她对生死的思考。这些冲突源于死亡和身体损毁的不确定性，而接下来的一天等待她的究竟是好运气还是坏运气，这并不是故事的重点。故事会在手术之前就结束。我的人物会在某个时刻发现，在她心目中，明天的事情将变得不再重要。”

不管你多么接近你的写作素材，你仍然要有能力和意愿像索尔维兹这样处理真实的生活。她自然地通过设置故事背景让自己和可能患乳腺癌的悲惨故事保持了距离，让乳腺癌仅仅成为一针催化剂，借以讨论其他心理方面的话题。

不仅如此，索尔维兹还需要进一步努力，避免让故事成为简单静止的心理画像。她指出：“故事要好看，有些事就必须发生，而且在绝大多数情况下，那些事情必须由主角来演绎。不然的话，我们只能读到一个受害者的故事。在我的故事中，我的人物和我一样恰巧住在球场附近，和我一样对着一个在她家窗户下撒尿的小伙子大吼大叫。最后，出于这样那样的原因，她疲惫不堪，大声辱骂了另一个在她家窗户底下小便的男人，然后他开着车回来撞了她家房子的一根杆子。我家房子也被车撞过，不过仅仅是意外。然后，她和丈夫团结一致，为拯救他们的家，一起把电视机扔出窗外，砸那个男人的车。这部分的故事完全是我的想象，是故事紧密地按照逻辑发展出来的情节。小熊队那天晚上比赛，而她的丈夫是个棒球迷，他更关心电视里的比赛，而不是妻子的恐慌。妻子则有一种诡异的迷信，认为如果小熊队输了，就意味着明天的检查结果会是她真的得了癌症。把电视机作为武器反击那个想要毁坏她房子的男人，这从心理上说也合情合理，因为我们看到她正变得越来越歇斯底里。同样，扔掉电视机这个举动也意味着丈夫扔掉了漠不关心的态度（他对妻子的冷淡表现在他对棒球比赛的着迷上），以及妻子扔掉了自己的迷信。当窗外的比赛继续进行时，她和丈夫听着收音机做爱。至少在那短暂的一刻，他们超越了生死，超越了变幻莫测的死亡。”

要将真实的悲惨事件写成小说，你要具备很多常人不具备的能力。你要能将自己抽离出来，将自己看成是一个更宏大的故事里的一个角色。我觉得这种能力不是一种完全正面的能力，也许有一点反社会。我们经常听说青少年，特别是孩童，会杀人，而且事后毫不难过和悔恨，因为他们不把其他人视为完全真实的人。也许有的作家有着类似的唯我论价值观，或者存在某些意识上的问题。

当然，我在这里半是开玩笑，半是认真。事实上，我倾向于从另一个角度看待这样的作家。我情愿认为他们是以勇敢而非冷血的方式直面人生。

家庭故事

有时候，最好的故事是你自己的故事，是你生活的一部分，是家庭故事。记得伊梅尔达阿姨吗？那个曾在禁酒令期间给黑帮头子做姘头的女人。她一直没结婚，在新泽西的蒂内克当小学美术老师。在你小时候，她总是看起来很暴躁。她看上去是你最不可能想象到的和黑帮一起瞎混的人。想想这里面有故事吗？比方说某个时刻，伊梅尔达阿姨正和你的祖母坐在小厨房里边喝咖啡边吃手指饼干，你在祖母的卧室里看到一盒子的旧信（祖母说了你可以拿走信封上的旧邮票）。这时一张支票滑了出来，你看了看，上面写着50美元，是伊梅尔达阿姨给你祖母的，时间是1934年，而且一直没被兑现！你冲去小厨房，告诉祖母她的好运气，但当你把支票展示给两个女人看时，她们的脸黑了下来，祖母责骂你拿了不属于你的东西。

这里面绝对有故事。

小说家布莱特·洛特说："家庭故事是永远在我们身边发生的故事。你不会回家对家人说，'嘿，你们谁给我个好故事，让我写小说用？'我在《珠儿》里写的故事就是我从小到大耳闻目睹的故事。我从未刻意去想：噢，天啊，我要成为一名小说家。你们都来给我讲你们的故事，一直讲不要停，我有一天要把它们写下来。也许很多人觉得我的家庭很普通。我爸爸是个销售员，我妈妈是家庭主妇。这取决于你想多么仔细地观察生活。每个家庭都有故事。"

当我们写自己的家庭时，我们写的是那些发生在自己和家人身上的事情。在这种情况下，作者有着同其他人一样的对事件的"所有权"。但"所有权"这样的词容易让人产生误解，你不能宣布对那些经历拥有版权。

同样，和任何基于生活的虚构故事一样，你以伊梅尔达阿姨的故事为原型，但这并不意味着你被事实缚住手脚。与此同时，不论伊梅尔达阿姨是谁，你必须对她从头到脚都非常了解。

当你研究一个家庭故事时，你可能会了解到一些你还没有准备好去了解的事。然而如果你思想开明，这些被披露出来的意料之外的事可以成为你书中不可或缺的一部分。比如布莱特·洛特，就在他准备开始写《珠儿》前，去看了他祖母，了解到了关于祖母的一些他没有想到的事情："在我写《珠儿》之前，我想再去看看祖母，和她待一阵子。因为即便你听过你家里的故事，那些也往往都是大的故事，而如果你要写，你还要知道家里那些普通平凡的日常，知道生活里琐碎的细节。所以我花了好几天时间和她待在一起，跟她聊天。我拿着笔记本，问了很多听上去很蠢的问题：'在一九四几年的密西西比，你们冬天吃什么？你的第一辆车是什么样的？你最爱的裙子是哪条？'这些细节会让故事更有真实性。突然，祖母停下来，顿了顿说：'噢，我要告诉你这件事。'她讲了她是如何有六个孩子的，然后有一天她的丈夫莱斯顿说：'我们去湖边野餐吧。'于是夫妇俩把孩子们带出来，去了湖边，租了一条独木舟。他们先是让孩子们划着船到处玩，然后，丈夫说：'嘿，就你我两人来一次独木舟之旅吧。'他们爬进独木舟，他划动船桨，一直划到了遥远的湖的另一头，直到一片'芦苇荡'里，这是她一直在说的词。'他一直划进了芦苇荡。'然后他们在独木舟里做爱。当时，我正坐在祖母的厨房里，四周都是带着花边饰带的洋娃娃，冰箱上贴着孩子们的照片。当时我在想，奶奶，别给我讲这个！我不想看到你和爷爷……在某种程度上，当时我是长吁了一下后故意忽略了这个故事。然后，我开始写书。当我开始讲故事，讲发生了什么时（我的人物珠儿和我祖母是有区别的），当我准备走进珠儿的生活时，我发觉这件事情应该写进来。它对揭示人物的个性很有帮助。她不是渴望性爱，而是渴望通过在性爱上对丈夫的征服来使自己的意志最终凌驾在丈夫的意志之上。这个故事和别的故事一起，共同编织出了这样一种人物关系。"

家庭故事可能很难写，一部分原因是这类材料触动着作者的情感，一部分原因则是家人看到这个故事后可能会有麻烦。不是所有的家人都像布莱特·洛特的祖母一样乐意帮忙。

如果你要写一个家庭故事，最好以你的家族传说或者是你们家的害群之马开篇。谁是这样鲜明的人物，是家族传说中的勇士，还是传说中的胆小鬼？谁即使已经过世50年，仍不断被家人谈论？在我家，我的曾祖母汉娜就是这样，她在我出生前几年就去世了，但人们总是提起她，她的故事贯穿了我的整个童年。她出生在立陶宛的一个农场。她的母亲因难产去世，所以汉娜应该是喝羊奶长大的！她的父亲和继母要她嫁给某个有钱人，于是她逃出了农场，去了英国，她有个哥哥在那里。她在一家血汗工厂打工，后来加入了犹太人的剧院，在欧洲四处巡演。在荷兰，她遇见了我的曾祖父，他是个有名的鞋匠，当时甚至还给皇室做鞋。（传说就像虚构故事，不需要是真的——谁又知道这些真相呢？）他们坠入爱河，结了婚，并有了一个孩子，然后搬去了美国。据我母亲讲，汉娜年轻的时候是一个红头发的美人，很虚荣，也很会讲故事。她还是我们家第一个坐飞机的人。当时是1930年代，她已经上了年纪，还有心脏病。大家都求她别去，但她很坚持。她想从纽约坐飞机到克利夫兰市，参加她一个兄弟的婚礼。她专门为坐飞机买了一身白色套装。旅途很颠簸，但是汉娜很平静，飞机一落地她就被记者包围了——人们发现她是那时乘坐飞机的最年长的乘客。在那个年代，你不用真的去开飞机就可以因为坐飞机出名。阿米莉亚·埃尔哈特最初成名，仅仅因为她是跨大西洋航班的第一位女乘客。

这就是我曾祖母汉娜的画像轮廓，但仍然缺少细节和重点。如果要写这样的故事，你要回忆自己的一位亲人，并且尝试唤起你关于这个人的所有记忆。写下这些记忆，然后问自己一些问题。这些故事有哪些地方让你最感兴趣？这应该会是一个好的开端。故事的矛盾冲突在哪里？故事要设定在什么时候，现在还是以前？如果将故事设定在现在，那么你应该避开惯用的爷爷或者奶奶在门廊边给年轻人讲从前的事的手法。如果你坚持采用这种形式，那么你应该有一些创新。不然，你的故事会比你爷爷或奶奶本人更衰老、无力。

当然，如果你能把这个想法做些改变，让它旧貌换新颜，你也许能成功。理查德·斯皮尔曼（Richard Spillman）在《讲不对的老故事》（*The Old Man Tells His Story and Gets It Wrong*）中就是这样做的。这是个非常富有冲击力的短篇。你从标题就可以知道，这不会是普通的“摇椅上的老爷爷”会讲的故事。在这个故事里，老人在给他孙子讲一个旧时的战争故事，这个故事他讲过无数次了。但这一次他讲着讲着，故事出了问题。故事开始脱离他的掌控，朝着与往常不一样的方向发展，好像有了它自己的生命。结果这一次，在故事的结局里，老人不是胜利者，而是受害者。

> 然后，伤口开始剧痛。疼痛让他的视线清晰起来。他在一片黄白色的花丛中躺着，盯着树梢，树好像着火了。身边，士兵们在争论，一会儿指着他，一会儿指着城镇的方向，用的是他从儿时就记得的一种口音。一名士兵用一大把草擦拭着他的刺刀。一名敌军军官从树丛里走了出来，大声命令着。

故事听起来也许有点像《阴阳魔界》（*The Twilight Zone*），但它不是。斯皮尔曼手法巧妙，让我们非常清楚地了解到，这则失控的老故事实则是老人生理和心理都遭受剧变的一种征兆。

讲故事时，最简单的就是将故事设置在过去，并删掉任何以你自己为原型的角色，也就是故事的听众。方法虽然直接，但你必须做一些事情才能让它起到好的效果。通常要写这样的故事，你需要做一些调查研究（这个话题我们会在下一章详细讨论），比如采访任何或者所有知道你曾祖母汉娜以及她生活的时代的人。

你还要问问自己故事的时间框架是否重要。这是一个只能发生在大萧条时期的密西西比的故事，还是一个没有时间限制的故事？这个故事能发生在现在吗？如果没有时间限制，你不需要将它设定在过去。把故事设定在现在，这可能最终会使你在处理材料时获得自由，可能令这个故事不再是传记性的，而增添了虚构色彩。

视角也很重要。通常，视角会自动显现出来。你也许会想，除了汉娜自己的视角外，讲这个故事没有其他合理的视角。实际上，视角的选择取决于你故事的中心在哪里，情感的侧重点在哪里，以及什么人物经历了最深刻的变化。如果一个视角不行，就尝试用另一个。可以尝试多维度视角，只要能强化读者对人物的理解。不过，如果运用得笨拙，多维度视角会产生相反的效果——会让读者困惑，让他们只有对几个人物的肤浅理解，而不是对一个人物的深刻理解。

你也必须思想开明，愿意将真实的事件改写成想象中的。在我的例子里，我也许重点写汉娜坐飞机的经历，但我觉得最重要的是，她和那个在克利夫兰结婚的兄弟的关系。我也许会让这种关系模糊不清，甚至还有些麻烦。我会把他和另一个住在英国的哥哥写成同一个人。我会首先问自己，他为什么以及如何离开立陶宛的农场？汉娜现在去克利夫兰是为了庆祝自己的兄弟结婚了，还是为了表明自己的决心和倔强？我甚至不知道她有没有活着下飞机。看，为了成就一个好故事，我不惜把自己的曾祖母牺牲掉。

童年故事

童年并不是年轻作家们写作的唯一领域，但他们常常以童年为源素材。原因很简单，他们鲜活地记得童年，记得童年里发生的所有挫折和误会。如果小说是酒，童年就是酿酒的酒器。童年故事并非一定是自传性的。虽然我从未在这件事情上做过研究，但我敢打赌，相较于其他类型的故事，自传体在童年故事的写作中非常重要。

从孩童角度讲的故事（这种故事并不总是童年故事）有一个共同点，即故事会有一层戏剧性的反讽。就主人公而言，这种讽刺是无心的，与之相对立的是一种更加故意的讽刺，带点挖苦意味。孩童是天真的，往往不能理解他们身边发生的事，所以一些独具匠心的作者总是能看到和运用这种天真。下面的例子就是这样：

> 妈妈说，我洗完澡后不要开浴室门，否则我就会捉到一只长颈鹿。当她用毛巾擦我身上的水时，我开始大哭。我要去抓长颈鹿！“长颈鹿在哪儿?”我说。
>
> “外面。”她回答。
>
> 当她帮我擦完，那只长颈鹿已经不见了。

许多童年故事里都有这种对天真的小主人公的讽刺。作家们通过描写一个孩童角色对世界的误解，鞭辟入里地探讨成年人世界的疯狂。孩童世界和成人世界的碰撞通常会激发读者的情感，而同样的故事如果换成以成年人视角来写，则难有同样的效果。伊萨克·巴别尔（Isaak Babel）的《鸽房的故事》（*The Story of My Dovecot*）就是这样。这篇小说讲的是第一次世界大战前的一个俄国男孩，他喜欢养鸽子。有一天，他买了两只鸽子（这是他因为考试成绩好得到的奖励），而就在同一天，他陷入了一场大屠杀。小主人公完全不懂周围发生了什么，以及为什么，这让故事变得更加悲惨：

> 他用那只抓住鸽子的手飞快地打了我一拳。凯特（背上背了很多偷来的衣服）的后背好像一下子倒了个个儿，而我穿着新外套摔在了地上。
>
> “他们的孩子也一定不能留，”凯特说着，在一堆帽子上直起了腰，“我不能容忍他们的孩子，也不能容忍他们这群臭男人。”
>
> 她说了很多关于我们这帮孩子的话，但我一句也没听见。我躺在地上，捏碎了的鸽子的内脏顺着我的太阳穴流下来。它们流下我的脸颊，蜿蜒着，流淌着，糊住了我的眼睛。柔软的鸽子内脏流过我的额头，我合上了那只没被糊住的眼睛，这样我就可以

> 不用再看我眼前的世界。这个世界很小，也很糟糕。一块石头横在我眼前，一块小的有很多裂纹的石头，就像一个有着大下巴的老女人的脸。离我不远的地方有一小段绳子，还有一团羽毛，那团羽毛仿佛仍在呼吸。我的世界很小，也很糟糕。我闭上眼睛，这样我就可以不看了，我使劲地把自己向地面贴紧。大地在我身下一言不发，安慰我似的沉默着。这片被践踏的土地绝对不像真实的生活，它等待着真实生活的考验。

但很不幸，它确实就是真实的生活。

这些故事全部是成长小说。这样的故事聚焦在一个年轻的讲述者身上，他很天真，乳臭未干，对世界茫然不知，故事描绘了他从童年到成年的成长历程。例如，詹姆斯·乔伊斯的经典故事《阿拉比》（*Araby*）就讲述了一个男孩迷恋一个比自己年长的女孩时的自欺与失望。

童年故事很难写成成长小说之外的样子。几乎所有的故事都有一定的人物变化，而人生中最深刻的改变就是从孩童变成大人。这也是写童年故事的最大挑战：既然它们总会是成长小说，既然已经有太多相似的故事，那么我们怎么写才有新意呢？这是挑战，但也并不是无法成功的。能否成功取决于怎么讲故事，取决于叙述者的观察有无新意，以及故事有多么与众不同。最重要的是，成长小说总是用心灵上的会心一击结尾，而你的作品应该考虑怎样才不会落入这样的俗套。

然而，总的来说，编辑对孩童的叙述视角有偏见。这种偏见虽然谈不上普遍，但的确大量存在，其主要原因是这类孩童故事充斥于报纸杂志，泛滥成灾。要对这种偏见有所了解，但也不要让这种偏见阻挠你写作基于自己童年经历的故事。这只不过是又多了一个需要跳过去的障碍而已。

我一直想把我小时候的所作所为写进小说里。比如，写我在纽约的亚特兰大海滩夏令营组织过一个小偷帮派。还有一次，有人给一年级小朋友带了很多兔子，然后老师说只要家长写一张表示同意的便条，我们就可以拥有一只。我知道我妈妈不会允许我养兔子，所以我回家伪造了一张纸条。纸条上写着：

> 同义罗宾养免子。①
>
> 妈妈签。

还有一次，我邀请当时很喜欢我的一年级老师来我家吃晚餐。她说她很高兴，并问我要几点钟到。

> “9点。”我说。实际上，九点是我上床睡觉的时间。我在想象我妈妈会说：“哎呀，我们已经吃过了，现在是罗宾睡觉的时间，所以如果你想在这里过夜的话也行。”
>
> 那天晚上我回家后，完全忘记了这件事。9点整，我的老师突然到了，按响了门铃。
>
> “罗宾，去看看谁在那儿。”我母亲说。
>
> “不要。”我说。
>
> “去啦，”她说，“去看看是谁。告诉他我马上下来。”
>
> 我下楼，从窗户往外看，看到老师穿着一件毛领衣服，做了头发，打扮得漂漂亮亮的。她看到了我，挥了挥手。我也朝她挥了挥手，然后径直跑上楼了。
>
> “谁呀？”我的母亲问。
>
> “没人。”
>
> 我母亲摇了摇头，便下楼自己去看。我紧跟在她身后说：“她想吃东西，别让她进来。”

---

① “同义”应为“同意”（原文 cna hav 应为 can have），“免子”应为“兔子”（原文 rabbi 应为 rabbit），此处是为了表示“我”写错了字。

我想把这则逸事写进故事，试过两次。第一次，编辑建议我删掉。她说，这很有趣，但对故事整体效果的影响微乎其微。我删掉了。最近，我把它写进了另外一个故事，编辑还是觉得有问题，但我没有删。在这个故事里，我认为它确实能对故事的整体效果产生影响。谁知道呢？我也许是错的。也许是我过于喜欢这个片段。在我把这个故事收进我的下一部故事集前，我会用严格的眼光审视，并决定是否要再次删掉它。还会有下一个故事，我总是可以尝试把它写进去的。

我叙述上面这则逸事的方式也一样重要。有数不尽的方式可以描述真实事件，这取决于作者是谁，甚至取决于作者拿起笔在纸上书写，或是用打字方式把脑子里的想法输入电脑时的心情，视情况不同而定。这个故事我讲了太多次，几乎背下来了。但是，这真的是事情发生时的真实情况吗？不是。这一系列事情的确发生了，但它仍然需要被虚构化。语言塑造了我们看待事件的方式，不论作者多么追求精确，我们永远不能通过语言真实地将全部经历传达给读者。至少，在这个语境里，精确不应该成为作者的目标。

如果你在一个故事里使用了童年经历做素材，比如前面所述的逸事，或者整个故事都是基于你的童年经历的，那么写作时有几点需要注意：

1. 不要把童年浪漫化。孩童天真，但他们不一定纯洁。孩子可能比成人更粗暴、更直白。通常，成年人对童年的珍贵记忆总是一厢情愿、过于美好的。

2. 避开那些“可爱的孩子”之类的俗套。通常，真实生活中的可爱和有趣也许会在短篇故事里变得索然无味，甚至笨手笨脚。

3. 总会有人批判你的故事，特别是用第一人称写成的故事。他们会说：“小孩子才不会这样说话呢。”如果你完全准确地叙述，那么你写的也就没什么故事性可言了。你的故事不会超过八行，就像是在宽格信纸上用粗铅笔写成的那样。你听过小孩讲故事吗？在薇薇安·古辛·佩利（Vivian Gussin Paley）写的《三岁的莫莉在学校成长》（*Mollie Is Three*，*Growing Up In School*）中，作者记录了她班上许多三岁孩童表演的戏剧和讲述的故事。

绝大多数的第一个故事处于有意与无意之间。它们依赖一些场景，这些场景不至于无可替代，但是又需要被演绎出来。例如，莫莉的第一个故事和她在学校里听说的一个坏人有关。

> 关于一个坏人和一匹马——一个强盗和那匹马。他抢了那个女孩的东西。

还有些今年三岁的孩子口述的他们的第一个故事：

> 巴尼："蝙蝠侠飞快地移动。在他的蝙蝠车里。"
>
> 威廉："那个大猩猩逃出了笼子。"
>
> 斯图亚特："妈咪一边走一边吃，还拿着一个玻璃盘子。"
>
> 爱德华："我发现了一列火车。火车停下来了。火车睡着了。"
>
> 西比："五只小猫咪逃走了。超人把它们打走了。"

就像我们之前讨论过的，短篇故事和小说都是人工作品。你想要故事读起来真实，使读者不至于怀疑，可是，但凡是好故事永远不会是完全真实的叙述。一份完全精准的叙述会从一个点跳到另一个点，并且很难有逻辑的关联和推进。孩童的思维就是这样运作的，他们思维活跃、联想丰富。

你的解决办法是要么用第一人称、过去时态写故事，要么用第三人称。用第一人称、过去时态写成的故事，几乎总是有一个看不见的叙述者隐藏在儿童叙述者之后。换言之，人们会简单地认为——他们不需要知道这个看不见的叙述者的年龄——故事是从这个叙述者的视角来讲的，是他在回顾这段童年经历。用第三人称的话，你也会遇到孩子和叙述者的视角脱离的问题。如果你想以儿童的视角，用第一人称、现在时态写一个故事，那就写吧，但你要下定决心，要足够坚强，因为读者的批评是不可避免的。

当然，有些批评很中肯。一般而言，在正常情况下，一个五岁的小孩不会讨论当代美国家庭的危机——除非你以一种讽刺的方式，让叙述者运用那些不属于孩童的高级词汇。弗兰克·奥康纳（Frank O'Connor）在《我的俄狄浦斯情结》（*My Oedipus Complex*）中就是这样。故事主人公是一个五岁的男孩。第一次世界大战期间，男孩的父亲在外参军，男孩和母亲相依为命。父亲很少回家，就像圣诞老人一年只造访一次。这对那个男孩来说并不是什么问题，直到有一天，战争结束了。

> 一天早上，我爬上了大床。我很肯定，在那里躺着的爸爸一定还会像圣诞老人一样，穿上衣服，离开我们。但是接下来，他并没有穿上制服，而是穿上了他最好的蓝色套装。妈妈看上去非常高兴。我并没看出来有什么好高兴的，因为爸爸没穿制服，所以一点意思都没有。但妈妈只是笑，说我们的祷告得到了回应。然后我们出门去做了弥撒，感谢主把父亲平安送了回来。
>
> 接下来简直就是讽刺！就在那天，吃晚饭的时候，他脱了靴子，穿上了拖鞋。为了取暖，他还戴上了那顶又脏又旧的棒球帽，在屋里到处走动。他翘着腿，还开始沉重地和妈妈说话，妈妈一脸担心的样子。我当然不喜欢她担心，因为这会让她不漂亮，所以我打断了他。
>
> “就一会儿，拉里！”她温和地说。
>
> 妈妈只有在家里来很无聊的客人时才说这样的话，所以我没

在意，继续讲了下去。

年轻的作者有时会觉得很难在真实生活中寻找创作素材，这就是童年常常成为他们的故事素材的原因。不久以前，我的一个学生考特尼写了一篇用松散的童年逸事组成的拼贴作品。毫无疑问，这份作业是她在截止日期前的那个晚上连夜赶出来的。当我们在课堂上讨论这个故事时，其他学生都觉得故事叙述松散，结构性不强。但是，他们都对故事中的一个情景感兴趣。这个情景讲的是叙述者的父母是辣椒烹饪比赛的狂热爱好者，拖着他们的孩子到全国各地参加辣椒烹饪比赛。“那是我的父母，”作者说，“他们疯狂地热爱辣椒，那是他们的全部世界。我爸爸是去年得州烹饪大赛的冠军。”

我们对辣椒烹饪比赛非常感兴趣，开始问考特尼相关的信息。之后，我们了解到了“牛宾果”，一种常在辣椒烹饪比赛上玩的游戏。在这个游戏里，人们用粉笔在草地上画出一张大宾果牌，在相应数字上下注。然后赶一头牛去草地上闲逛，牛把屎拉到哪个数字上，在那个数字上下注的人就赢了。

很快，考特尼写了一个关于两位辣椒厨师以及他们厌恶辣椒的女儿和儿子的史诗级别的故事。故事有 27 页之长，而这仅仅是一门创意写作课程的引入部分，在这一环节，大部分学生都认为，如果他们的作品超过了五页，他们就等于完成了一部小说。不可否认，这个故事需要删减，但是考特尼很好地运用了她的素材。“我不敢相信，”有一天她向我感叹道，“我离家求学就是为了逃离辣椒烹饪比赛，但是现在我正在写它们。”

实事求是的故事

有时，作者会把一个故事写得和现实中发生的某件事一模一样，但这种情形少之又少。写这样的故事没有章法可循，只有一点需要再重申一次，那就是你要确定你不会把一则逸事和一个好故事混为一谈。有时候，生活中的事件会符合好故事的轮廓，你只需要把它写下来，再更改一些细节就可以。

有时候，某件事刚刚发生，你就知道它会是一个可以直接写下来的好故事。这样的事虽然稀罕，但一旦发生，你会立刻知道这会是一个故事。当它发生的时候，你会有种奇怪的感觉。不论你有什么样的宗教信仰，你都会想到命运、因果报应等。但是小心，生活的讽刺会比虚构故事里的沉重得多。

约塞普·诺瓦科维奇（Josip Novakovich）曾写过一个与真实情形几乎没有差别的故事，他写的是父亲的死。这个故事叫“苹果”（Apple），最初发表在期刊《犁铧》（*Ploughshares*）上。对他来说，处理这个素材很难。在写这个故事之前，他几乎把自己生活中的其他事写遍了。当他最终准备写这个故事时，他不确定到底该写成回忆录还是小说，但最终他决定写小说。毕竟他改了一些细节，并且在时间上转换了一些事件。但是就像前面说到的，传记经常也会这样。

> 那是1月6日，外面暴风雪肆虐，雪片斜卷而来。望向窗外，我有一种我们的房子歪歪斜斜飘浮到了天上的感觉。大大的雪片就像一只被杀死的天堂鸟的细细的绒羽，鸟的一只翅膀覆盖了整个山谷，这只翅膀一定还在痉挛地拍打着，因为风很大。雪一落到地面上，就化了。

在真实生活中，诺瓦科维奇的父亲是在2月去世的，而且当时也没有下雪。但是作者觉得，下雪更符合这个故事的气氛。这不重要，一些细节可能有改动，但故事的内核被忠实地写了出来，这才是重要的。事实上，当他的哥哥读到这个故事时，他把它当作一份记录家庭历史的文件，一份自白书，并将它和其他重要的家庭文件一起锁在了地下室里。

在开始写《苹果》后，诺瓦科维奇还写了一篇关于他父亲的文章，但这篇文章更侧重于他父亲在生命尽头所显示出的热切的宗教情怀，而死亡只是背景。

那么，在某种程度上这算是欺骗吗？能将以真实经历为基础的故事称为虚构吗？完全不算。但有些作者在写这类故事时会很不安，他们会很勉强地承认这是他们做的事情，好像我们会看轻他们似的，好像他们偷懒才写这样的事情。这当然完全是胡说八道。细节、措辞，还有事件的发展顺序——所有这些都需要作者运用想象和写作技巧。某种程度上，写这样的故事比完全凭想象写要难得多。即使写最真实的故事，你也必须知道要舍弃什么样的记忆，要塑造或者夸大什么样的记忆。如果你在方方面面都写得完全真实，也许你最后的作品会是一些空洞单调的意象组成的既混杂又断裂的东西。故事必须在最后看起来是个整体，要达到埃德加·爱伦·坡（Edgar Allan Poe）所说的"效果的统一"。这种效果的统一对几乎是自传类的故事来说也许会更难，因为有的记忆对作者而言非常重要，而对读者而言，可能只会让他们如坠雾里，而且可能看起来和故事无关。需要实践才能决定什么样的记忆真的重要，什么样的记忆只是作者因为它们发生过而想让它们看起来重要。公正的评论家冷静的眼光是评定这种自传故事成败与否的标准。如果有一个你很敬重的人给你提建议，说一些自传类的内容不适合你的故事，那就听他的吧，并做一些删改，尽管这些删改可能会让你很心痛。

麦迪逊·斯马特·贝尔（Madison Smartt Bell）写《测谎器》（*The Lie Detector*）和《被遗忘的桥》（*The Forgotten Bridge*）时刚大学毕业，这两篇故事收录在他著名的故事集《零分贝与其他故事》（*Zero db and Other Stories*）中。这两个故事都以第一人称讲述，但我们对叙述者知之甚少，只知道他是个白人，很年轻，极其努力地在纽约及附近地区谋生。《被遗忘的桥》的故事发生在布鲁克林区威廉斯堡一带，它讲述了一间破旧的出租屋里叙述者和其他住在那里的人之间的友谊，其中特别值得注意的是一个叫波罗的年轻西班牙人，还有他的朋友安吉尔。“友谊”这个词用在这里也许程度过重，在故事里更像是一种谨慎的熟人关系，至少从叙述者的角度来说是这样。《测谎器》曾经在《美国最佳短篇故事》（*The Best American Short Stories*）上再版，讲的是同一个叙述者大概六个月前的生活。在这个故事里，因为位于霍博肯的那间公寓的房东把房子卖了，叙述者被赶了出来。房东拒绝归还租房押金。与此同时，他的新房东——好像还是那栋房子的管理员（叙述者并不清楚究竟是不是）——想再敲诈他一百美元。最惨的是，这个叙述者格外饥饿，急需找到一份工作。就在那时，他必须参加一个测谎器的测试才能获得一份工作。

贝尔说，这两个故事都相当准确地讲述了他那时的生活，除了名字做了改动外，故事里的角色全部是真实的人。他觉得《测谎器》当时写得太长，所以在修改的时候，他删了差不多十页。不管怎么说，就算这些故事里的所有事情都正好如它们被呈现的样子，故事仍然是虚构的。在叙述中，叙述者故意拐弯抹角、保持距离：

> 我拿着表格，找了张椅子，坐下细看。表格里问了很多问题，我实在不知道要怎么回答。我从来没想到会被问这种问题。我曾想过，他们也许会问到吸毒和犯罪记录，正好这两个我都没有，但这张表上问的全是我干过的。既然我已经坐在那里了，我还是决定试一试。我尽量据实填写了表格，然后等待他们叫我的名字。我坐在那里，希望测谎仪器真的像数据说的那样并不可靠。

这个故事让你感到好奇，不是吗？故事就该这样。这就是间接性。我们从来不知道那些问题问了什么，叙述者到底有什么不愿意揭开的秘密。为什么呢？如果叙述者不愿意被测谎器揭穿，那么他当然也不会告诉我们那些秘密。这样，不论故事描述的是不是真实事件，故事给了叙述一种充满讽刺的紧张感，将叙述小说化了。

我们只能通过推测来了解叙述者的情绪和信念。尽管叙述者应该向我们描述的是别人的生活，但到了故事的最后，根据他说的话，也根据他留白的部分，我们对叙述者本人的道德世界有了一个相对清晰的了解。这种间接性的方法会自动把你从你曾亲身经历过的事情中拉开，给你一个必要的距离，使你能以虚构的态度对待真实事件。这一点非常重要。写这样的故事时，你要让你的叙述者保留一部分信息，让他在某些事情上守口如瓶，让他有点不乐意说自己的弱点和灰色地带，而且让读者看到这些把戏。当然，这些弱点可能就是你自己的弱点，但记住福克纳所说的关于人们内心的自我矛盾的话。也记住你有最好的辩护词——这只是一个故事——你永远可以这么说。

工作和其他真实经历

我承认，在我的生活中，我会仅仅为获得某段经历去做一些事情，只是为了将来写作时能用到。但事实上，绝大部分我为以后的写作而刻意去做的事情并不成功。我从未写过这些经历，也许永远也不会写（至少不会是小说）。有一年夏天，我去给一个掘墓人做学徒。我不是很擅长这活儿，也没有坚持太久，但那就是我在 18 岁的夏天做的事情。当时有个工头，叫威尔伯，他总是穿着背带裤，还说自己很快就要退休了。他说，退休后公墓会给他留一块墓地，这可比有些商人的手表都要好，因为墓地保留的时间更长。我哥哥乔纳森当时和我一起干活。威尔伯叫他大乔，叫我小乔，因为他认为我的名字——罗宾——不是一个合适的男孩子的名字。第二次世界大战期间威尔伯在直布罗陀的经历对他影响很大，因为当我和乔纳森在太阳下干活时，他总是唠叨着那些“热辣的直布罗陀姑娘”。

我那时 18 岁，想成为一名作家，虽然我当时可能是对成为作家感兴趣，而不是对写作本身感兴趣。我一边听威尔伯讲故事一边想：这会是一个好故事。但它并不是，或者至少到目前为止它还不是。之所以如此并不是因为什么道德上的困惑，也不是因为我对这些经历的态度很功利，或者说我一开始就想把威尔伯和那片墓地的故事写成小说。不，也许简单点说就是，我还没想好写这个故事。我后来还经历了很多事情，当时也都会想“我也许有一天会写这个”，然后我的确写了那些经历。或者让我一直卡在这个故事上更可能的原因是，我 18 岁时觉得吸引人的材料，对现在年老的我来说已经不震撼了。

有一年夏天，在爱荷华大学读研究生的时候，一个朋友问我愿不愿意当酒保挣点外快。他说他一个朋友开酒吧，需要帮忙。结果是这间酒吧是爱荷华第一家也是唯一一家脱衣舞夜总会（事实上，它正好位于城边），叫“禁”。

于是我赶紧抓住这个机会，不是因为我是脱衣舞的爱好者，而是因为这是一件看上去很新奇的事情。“至少，”我想，“它会成为一个好故事。”从一个挖墓学徒到一个脱衣舞夜总会酒保，我不确定我的事业是不是上了一个台阶。

不管怎样，“禁”从很多方面来看都透着奇怪。它位于高尔夫球场的一间俱乐部里，所以装修风格和别的脱衣舞夜总会不一样。在房间的一边有一个巨大的古老的壁炉，壁炉上排列着金奖杯，房间中间是脱衣舞者的舞台。

脱衣舞者也很有趣。最受欢迎的是一个叫白兰地的女人（这些脱衣舞者好像都是以酒的名字命名的）。人们从四面八方过来看她的毯子表演。还有一个牧师的女儿（看，如果我把这个写进故事里，你会想：“有趣，一个牧师的女儿”），她的名字我忘记了。她的男朋友常常开车接送她，但从没来看她脱过。她跳得很僵硬，就像脱掉一件又一件法兰绒内衣。还有一个女人，我们亲昵地称她杜比克小姐（她曾经参加过什么比赛，获得了这样的头衔）。杜比克小姐讨厌她的观众，跳舞时眼里全是憎恨，连遮掩都懒得遮掩。这使她没能成为最受欢迎的脱衣舞娘，我也不认为哪个男人敢往她的丁字裤里塞钱。

所有舞者里最可怜的，是一个以前在拉斯维加斯当过脱衣舞娘的女人，她曾拥有价值七千美元的表演服装。就在她来“禁”前的三周，她和她丈夫隆重地烧掉了她以前所有的演出服，以为她以后再也不会脱了。但就在一周后，她丈夫意外地被解雇了，所以现在她不得不在“禁”重拾这份不体面的旧业。她肚子上有一条子宫切除手术留下的长长的伤疤。我和她在酒吧里聊过很多次，很为她难过，我知道她做不了太久，她也不想做太久。她跳舞的时候，酒吧里的男人会转头看别的方向，他们不愿意看到伤疤，伤疤是他们在自己的现实生活中想逃离的东西。

不久之后我就辞职了。我意识到，我以为是故事素材的那些东西有比成为故事素材更重要的意义。

在“禁”，我最喜欢的是女性之夜。那个晚上，男性脱衣舞者会来俱乐部跳舞，而且他们在台上跳得比女脱衣舞者更好，更享受自我。他们服装造作，有水手服、燕尾服、晚礼服。他们会因为吸引了众多女客人的注意而兴奋。大部分的年轻女客人都是在电话公司工作的职员，她们对着男舞者满脸奉承、谄媚，表现得比在平日晚上来这里的男人更放浪，毫无拘束。女人们会一边尖叫一边跳舞，而男人们则喝得耷拉着下巴，边灌啤酒，边大着舌头对脱衣舞娘揩油。所以，我喜欢女性之夜。我喜欢它还有一个原因。有时候，某个倒霉的男人不知道那天晚上是女性之夜，特意从赛马场、农场或某个大学过来，当看到舞台上的舞者时，他会一脸难以置信，目瞪口呆。但他已经付过账了，所以只能走进酒吧，紧紧攥着手，攥得指关节发白，他拒绝往舞台上看，生怕一回头就会变成一根盐柱子[①]，或者害怕别人以为他真的喜欢看男人脱衣服！讽刺的是，他那晚看不了他想看的脱衣舞娘，但如果他对同性恋的恐惧少一点的话，他也许可以和那些电话接线员们一起狂欢，庆祝女性之夜。

所以如果我计划写一个关于这些的故事，我要从哪里开始？如果我从自己的角度来写，我会说，这显而易见会是一个成长故事。或者，我可以专写那个切除了子宫的女人。对我来说，她的故事比我自己的故事更有趣。当然，你要避免在这里面表现出过于明显的讽刺。不要把故事的结尾写成一个可怜的女人在跳舞，而男人们不想看她的伤疤，把眼光转向别处。避免写成一个滥俗的“看我多倒霉！生活真艰难！男人都是猪！”的故事。因此不要写任何流于俗套的故事，成功的小说家不会只是加固我们生活里的旧有观念。其实，这么说也不全对，很多商业上很成功的小说就是在巩固陈旧的观点，循环利用陈旧的情节及人物。但是如果你的目标是写那些陈旧但永恒的真实，那么你需要用一个新的角度向我们展示那个世界。你需要通过你经历过和观察过的丰富多样的细节重塑那些真实。

所以就像我们之前讨论的，站在你故事的中心舞台的应该是人物，而不是事件。找出最能激发你兴趣的人物，然后尝试写关于他的故事。由于叙述视角不同，故事会发生改变。如果这个故事从杜比克小姐的角度来讲会怎样呢？会不太成功吧，我觉得。

> “猪！”杜比克小姐一边想着，一边在舞台上扭着，转着，呻吟着，“你们以为一切尽在你们的掌控之中吗？我才是真正的掌控者，不是你们，猪！”

---

① 《圣经》典故，表示过分好奇的人没有好下场。

如果故事从我的角度来讲，那么它看起来可能是这样的：

> 威尔是我的朋友，他问我想不想在暑期挣点外快。我说："好啊，做什么？"
>
> "酒保。"他回答，脸上挂着羞怯的笑。
>
> "好！"我说，"什么时候开始？"真没想到我会当酒保！

故事这样写真是让人犯困。

或者你可以从牧师的女儿的角度来讲故事，但这样的故事过于突兀，没人会相信你。"但这是真的！"你大声争辩。可那又怎样？

从她男朋友的视角写如何？也许不错，但我的思路总是回到那个切除了子宫的女人。显然，如果你不够细致，那么你可能会像毁掉前面那些故事一样，也毁掉这个故事，使其只不过是笨手笨脚地描述了生活中具有讽刺意义的某一方面。但这个女人还是有一些事，使我在情感层面舍不得放手。用舍伍德·安德森的话来说，"其中有些东西还得加以理解"。

如果要我写这个故事，我也许会删掉脱衣舞夜总会，至少去掉一部分，聚焦在这个女人生活中一些不那么离经叛道的部分。这是作家们在处理自传类材料时常用的策略。从不同的人生阶段捡起来一些片段，让这些片段慢慢拼凑在一起。我也许会将这个爱荷华脱衣舞者的故事和我生活中其他的故事结合在一起。比如，一个朋友曾告诉过我，她去爱荷华州的一个农场拜访一对年轻夫妻，她认识他们的时间并不长。他们自豪地带她参观农田、牲畜和农产品。这对夫妻原来住在城里，这种农场生活对他们来说也是新鲜的。最让我朋友印象深刻的是厨房，里面挂满了一串串的辣椒、蒜和新鲜的香草。第二天，这对夫妻在一起车祸中不幸遇难，之后我朋友总是忘不了他们厨房的样子，那个挂满了辣椒、蒜和香草的厨房。因为某种原因，那个厨房的景象也让我觉得魂牵梦萦。

将那个做了子宫切除手术的脱衣舞娘和这对年轻夫妻结合起来如何呢？一个做了子宫切除手术的农场脱衣舞娘。当然，这会呈现出一个不一样的故事。这样的角色设定听起来也很荒谬。但写作就意味着你必须冒险，最大的风险就是你也许会看起来像个傻子。为了将两个人物结合起来，你能找到两个故事的联结点吗？能找到从人物、主题或情节上使两个故事相关联的任何可能吗？需要再次强调，这是作者们在拼贴生活中不同片段时常做的事情，他们创造关联。这些关联通常是主题性的，但有时我们不确定这些关联是什么，或者为什么。我们的大脑会奇怪地将这些各自独立的事情通过时间或者空间联系在一起。写故事就是准确地找出事件是如何联系在一起的。这个策略也许看起来很诡异，如果你不知道故事要讲什么，你又怎么可能把它写出来呢？但是写作是一个发现的过程，对于作者和读者来说都是这样。

这样处理如何？我总是想起，这个女人和丈夫烧掉了她那些价值不菲的演出服，但不久后她就不得不又开始跳脱衣舞。在烧衣服的时候，他们一定觉得自己打败了命运。这个行为有些鲁莽，简直是公然挑衅他们注定失败的命运。还有那个子宫切除手术，那意味着她不能再生育了，但同时他们周围又是绵延的丰饶的农场。对我来说，这里面应该有故事可讲。

有时候，这种把两件看起来没有关联的事情结合在一起的策略不一定会成功，主要原因是缺少中心。但如果在开始写作之前，你就已经完全清楚你故事的主题，你可能就不会有什么震撼读者的见地。

不论什么情况，如果你坚持写真实发生过的事件，真实的情况可能会限制你的写作。你要问问自己，描写你自己的真实经历的意义是什么？因为它奇异吗？因为它是一个奇怪的工作，比如你在 17 岁那年的夏天，在劳德代尔堡的巨猴世界里训练蜘蛛猴转呼啦圈吗？记住我们说的关于逸事的部分。这类故事通常不能成为好故事，因为它们过于依赖逸事本身。你最先并且最需要考虑的是故事中人物的细节。只有这样，那个人物才不是你本人。

来自新闻报纸的故事

像我们前文讨论过的，真实的经历可能会成为你写作的阻碍，会增加你处理素材的难度。这就是为什么你需要距离，为什么写别人反而会更容易。新闻报纸充满了潜在的故事素材。

几年前，在纽约街头，丹·拉瑟被人搭讪，然后被推倒在地。暴徒一边踢打一边大声叫着："频率是多少，肯尼斯？"好几家报纸报道了这件事，但是，没有人知道——至少丹·拉瑟自己不知道——攻击他的人到底在说什么。这个故事有点荒唐，但让人很好奇，让人好奇是因为其中有个戏剧性的问题：谁是肯尼斯？被提到的频率是什么东西？让人好奇还因为它发生在丹·拉瑟身上，如果它发生在你我身上，没有人会感兴趣，或者至少，没有很多人会感兴趣。我让上我写作课的学生用这个场景做一个课堂写作练习，可想而知，他们写的并不是很有趣。这是我考虑不周，是我没有全面考虑这个作业安排，毕竟谁会写这么一个愚蠢的点子呢？学生们写的大多是一个单线条故事，丹·拉瑟被证明是俄国间谍。通常，一件事本身的神秘感比能想出来的解释方案有趣得多。

几年后，一个俄国马戏团在亚特兰大的佐治亚滞留，他们的阿拉伯赞助商抛弃了他们。他们在汽车旅馆待了好几周：杂技演员、吞剑人，还有小丑。这则新闻故事吸引了我，我脑海里看到一篇完整的关于一个俄国马戏团在美国滞留的小说。我猜想，这个新闻对我如此有吸引力的原因是，与丹·拉瑟的故事相比，这个故事有着更广的社会指涉意义。我并不很清楚那些指涉是什么，但是某种程度上，如果我真的要写这样一部小说的话，我会尝试去发掘这些意义。此外，我在美国南部住过，住处离亚特兰大并不远。所以这个故事可能触动了我的一些情绪。这是很重要的一点。即使从表面上看，一个故事和你并没有关系，但在潜意识层面，它可能对你很重要，否则你就不会对它感兴趣。

很多其他的人，也许有成千上万人，读过关于那个俄国马戏团的报道。这些人中有多少是作家呢？让我们假设有两千。在这两千人中，有多少人觉得这个想法可能会成为一篇有趣的短篇故事或小说呢？让我们假设有 50 人。那么在这 50 人中，有多少人会真的动笔，将它写成一篇短篇故事或小说呢？在这本书出版前，我可能会说（我真的说过）：没有。但现在，我修正了这个观点。作家们确实会被同一个材料吸引。比如首对成为媒体报道热门的连体婴儿，来自暹罗（现在的泰国）的昌和恩。人们都会对这样的素材感兴趣。在 19 世纪，他们非常有名，“暹罗双胞胎”这个说活就是专门指他们二人的。作家达林·施特劳斯（Darin Straus）和马克·斯洛卡（Mark Slouka）都认为这个主题很好，于是不约而同地，他们分别写了关于这对双胞胎的小说。施特劳斯的小说《昌和恩》（*Chang and Eng*）首版于 2000 年，广受好评。很多作者也许会绝望，因为在这个题材上施特劳斯抢了先。但是一部小说毕竟是一个作者从个人视角的想象，谁说你发挥想象写的昌和恩的故事就不如施特劳斯的故事精彩呢？2002 年，马克·斯洛卡的小说《上帝的愚弄》（*God's Fool*）出版，同样实至名归，受到了评论家们的赞美。斯洛卡会希望他的小说最先出版吗？毫无疑问，他会。但事实是，同样的材料吸引过很多作家，但这不应该成为你以自己的方式书写这个故事的障碍。我有一篇关于菲律宾的非虚构作品《被发明的伊甸园：难以辨认与富有争议的塔萨代族史》（*Invented Eden: The Elusive, Disputed History of the Tasaday*）。我写作这本书时，杰西卡·海格多恩（Jessica Hagedorn）正在写基于同样材料的小说。我们知道彼此在创作，在各自写作的时候保持距离。我们的书出版发行相差不到六个月，也各自在一些场合宣传我们对于这个故事的创作属于不同的文体，一个是虚构类，一个是非虚构类。

除了原始素材，你对故事必须重塑、整理，甚至通过你的想象把它和你的其他经历融合起来。问问自己为什么对这些材料感兴趣。也许你并不完全知晓答案，但它应该不仅仅是“哎呀，这种事情发生了，可真糟糕”，这一部分我们从新闻故事里就已经知晓了。

报纸上的奇异故事吸引我们的通常是“什么事”，即故事诡谲的细节。而一则短篇故事应该更多地关注“为什么”和“什么人”，即被“什么事”仔细说明的部分。换言之，故事里的动作或事件应该用于展现故事的角色及他们的动机。电影里的飙车戏很刺激，这是因为我们全身心地被视觉图像刺激着。我们无须知道谁在追谁，肾上腺素就会自动飙升。这不是短篇故事或小说能做到的。如果不描述角色，只聚焦于动作，那么不论这个动作多么吸引人，都会让读者如坠雾里，除非读者知道其中的人物。

乔伊斯·卡罗尔·奥茨（Joyce Carol Oates）的故事《你要去哪里，你去过哪里》（*Where Are You Going, Where Have You Been*）取材于关于一个连环强奸犯/杀手的报道，这个罪犯当时正在中西部东游西荡。但她并没有以他的视角写故事，而是采用了他的一名受害者的视角。所有的暴力都是通过暗示和后台式的描写完成的，而不是让读者直接面对。正是这种暴力的威胁和不可避免性，制造并延续了小说中的紧张状态。在结尾，由于这个即将遇害的受害人乘坐连环杀手的车，奥茨已经无须再在故事里赘述什么了。她不需要用细节描述暴力，我们的想象力可以营造出那些情景。通过暗示而非直接呈现暴力，作者让故事有了更加持久的魅力。

几乎所有的新闻故事都可以转化为虚构小说。这里，核心的策略是找到正确的焦点。焦点应该放在人物上，即便你要写的是现在报纸上最扣人心弦、最复杂的事件：连环杀手案、电视福音布道活动，甚至是猫王的故事！你必须把叙事焦点放在可信的人物身上，而不是事件上。否则，你写的就是论文，而称不上是故事。事件会淹没人物。你的故事不应像说教一样，只是为了传递信息：艾滋病很可怕，对艾滋病人的歧视很可耻，对无家可归的人的歧视也很可耻。和真实生活一样，短篇故事远比说教要晦涩，模棱两可。现实生活中对与错、善与恶的界限往往很模糊。你不需要在故事里讲道理，因为在一般情况下，这些道理我们已经听过很多遍了，而且是我们承认的。我们都知道艾滋病患者和无家可归的人生活悲惨，我们不需要一则故事或者一篇小说再强化这个认识。作者的首要责任应当是塑造可信的角色，让故事或主题有机地在角色身上呈现。

另外，写艾滋病患者或流浪汉角色是非常可行的，只要这个故事首要关注的是人物，而艾滋病或无家可归只是人物特征的一个方面，就像他的发型是左分的，他养了一只宠物猫一样，这些都是他的人物特征。也许艾滋病患者或流浪汉这两种身份在人物特征中占的比重比发型和宠物要多，但是这里的重点是艾滋病和无家可归不应该成为人物的标志和象征，不然角色和人物会仅仅成为某种象征，或成为刻板印象，而不能成为复杂的人物。

有的艺术家能非常好地把握大事件。1993 年 6 月 4 日，安娜·达薇热·史密斯（Anna Deveare Smith）成功地举办了一场个人演出：《暮色：洛杉矶，1992》（*Twilight：Los Angeles，1992*）。这场戏剧的原型故事是洛杉矶暴乱。史密斯做了大量研究，采访了 175 名暴乱的参与者。剧作得到评论界的一致好评。该剧成功的一部分原因在于，史密斯将自己转化进了不同的角色中。从韩国家庭，到洛杉矶前警长达伊尔·盖茨，再到罗德尼·金的阿姨，这些人物中都能找到作者的影子。她花了九个月的时间，用录音机记录和受访者的谈话，然后用他们的语言进行创作，这个创作过程凸显了作者转化角色的能力。注意，虽然主题很明显是洛杉矶暴乱，但史密斯专注的是人物，而不是事件。剧中有 24 个角色，这些角色是从她采访过的 175 名受访者中层层筛选而来的。用她自己的话说，她所寻找的是那些“有性格特色的瞬间”，那些“受访人在采访中反客为主”的瞬间。

这正是优秀作者要找寻的，他们要找那些“有性格特色的瞬间”，在那一瞬间，人物通过言谈或肢体动作流露出自己的本质特色。在这些情形下，人物似乎驾驭了你的故事或小说。他们的语速快过你记录的速度，这也正是你知道你的写作可以进行下去的时刻。

史密斯的成就是小说写作方面的成就，也许有人并不认可这一点。就像之前提过的，有些作者认为，但凡基于真实生活的创作都是“想象力的失败”。事实恰恰相反，不论任何时候，只要你能转化真实生活——我们都知道这有多难——这就是你的想象力的成功之处。

那么安娜·达薇热·史密斯的那个例子呢？逐字地整理受访者所说的话，然后在舞台上表现出来，这里面有什么创造性可言？你当然可以逐字转述别人说过的话，但在这样做的同时，你也是在解释这些话，虽然你的解释可能是微妙的，是巧妙地借助手势及语调的。史密斯整理了 175 名受访者的采访，并选出了其中的 24 名，让他们成了剧中的角色。她找寻的是“有性格特色的瞬间”。如果是你进行这样的创作，也许你发现的是不一样的有性格特色的瞬间，或者也许你根本就发现不了这样的瞬间。简而言之，史密斯整理了真实的生活，这正是需要大量的想象力和理解的创作。

报纸上有很多故事要么有趣，要么感人，要么令人震惊。这些故事不符合人类的兴趣，只符合外星人的兴趣，或是符合灵长类动物的兴趣。在现实中，人们做出些骇人的事情，这并非不合情理，但如果你把这些写进你的小说，人们会说：“哼，写得不好。我才不信有这样的事呢。”

这是几年前的一件事情，当时全国各大媒体都报道过。得克萨斯州的20名福音派信徒，年龄从1岁到63岁不等，把自己身上的衣服剥得精光，因为他们觉得这些衣服被魔鬼附了身。他们把衣服扔进车里，然后从得克萨斯一直开到路易斯安那，途中撞到了一棵树上。当地郡长把他们从车里扒出来时，他们虽然赤身裸体，但大体上还算安然无恙。道尔·尼利（Doyle Nealy，注意这个名字，这是个好名字）警长观察了一下说：“这也就是一起宗教事件。”

这类新闻故事从来不符合我选材的类型，但也有作家喜欢这类材料，并以之为核心，创作出有趣或有深度的故事。这非常依赖于作者个人的敏锐度，这也就是为什么说在创作上并无一定之规。

新闻故事很少有深度地刻画人物，所以如果你以新闻报道为故事原型的话，你需要就其中的人物进行创作、拓展，让读者接受这个人物。正如我们在前面的章节讨论过的，你要通过突出的细节描写，以及对人物的欲望、行为动机的描写，使人物变得可信。所有的行为，即使是那些“疯狂”的行为，都应该有动机。永远不要试图去写一个连你自己都不清楚动机为何的角色。如果作者不清楚，那么读者也不可能理解。这并不意味着你要从一开始就了解角色的动机。你在故事的写作过程中逐步发现故事，同样，你也可以在写作过程中逐步发现你的角色。不论如何，你要让读者理解你的人物，感受人物的感觉，让他们尽可能地被人物的经历所感动。如果连你都不知道事情发生的原因，那么也别指望你的读者能完全理解你角色的经历。

如果你在报纸上读到一个有趣的故事，问问自己，这个故事为什么会如此吸引你，是故事的情景，还是人物？或者两者皆有？让我们假设一下，你被那辆得克萨斯州载满裸体教徒的车所吸引。情景很有趣，人物也很有趣。为什么他们会有那种在大部分人看来很奇异的举动？如果你在写作中不断切换叙述角度，却又想有一个能令人信服的故事，这不太可能，所以你必须选择一个核心的视角。在这里，你可以选择牧师的视角，也可以选择某位警察的视角，或者选一个隐形的（这里并没有双关）、群体内某个人物的视角。我会选择最后一种，因为牧师的视角太明显，容易被刻板化，而警察的视角很受局限。现在你要决定，这群乱糟糟的人中谁最适合做你的主角。是牧师的女儿吗？她的视角同样太显然，容易刻板化。某个孩子？也许吧，但同样会很局限。通常在这种情景中，脑海中涌现出来的第一个角色都会有些刻板印象的色彩。虽然很难，但也许你应该创造一个不含有这些刻板印象的角色，这个角色可以以你认识的某个人为原型，某个最终和其他 19 个人一起参与这起裸体事件的人。或者可以更巧妙地以一个按理说完全不该参加这起事件的人为原型，也许是你的母亲，或者是父亲。把这个故事写成她或他到底如何卷入了这件看似不可能的事。这样你就融合了你的记忆、你的想象，以及你读到的报纸上的报道，并创作出了一个全新的、会吸引人的故事——我们会和你一样想知道故事到底为什么会发生，以及你的母亲（父亲）是如何参与到这个故事中的。

通常，理解新闻故事里人物的动机会让写作更容易。《纽约时报》上有一个故事，讲的是四具从美国自然历史博物馆运往格陵兰岛的爱斯基摩人尸骨。1896 年，探险者罗伯特 · E. 皮尔里（Robert E. Peary）曾引诱几名格陵兰岛的爱斯基摩人随他一起去纽约，并拿他们做展览。1897 年 10 月 11 日，《纽约时报》报道：“这些不幸的矮小的野蛮人受了风寒，或者是风热。他们也不知道是受了风寒还是风热，就暂且当作后者，所以他们昨天唯一全力以赴去做的事就是让自己保持清凉。他们这样的行为让很多来看展览的人忍俊不禁。”

把人当作动物来展览，此举令人羞耻，当时《泰晤士报》（*The Times*）报道的口气也充满傲慢和刻薄。今天，另一位《泰晤士报》记者用一种与之前截然不同的口吻详细描述了这件事。当然，展览中的大部分爱斯基摩人因这一疾病死亡，最后一名幸存的成年爱斯基摩人被送回了格陵兰岛。此外，还有一名叫米尼克的男孩被留了下来。博物馆的一位主管威廉·瓦拉斯愉快地收养了他。如文章所述，这是一个奇怪的选择，因为正是这位主管处理了死去的爱斯基摩人的尸骨，并将它们送交了博物馆。这里面就包括男孩父亲的尸骨。

1907 年，《纽约世界报》（*New York World*）刊登了一篇文章，名为“把父亲的遗骸还给我”（Give Me My Father's Body），讲述的是米尼克为了要求博物馆归还其父亲遗骨所经历的苦闷与挫折。那时候，皮尔里已经对那个男孩没有了任何兴趣，他在关注其他更重要的事情，比如从罗斯福总统手中接过奖励他探险与发现的金质奖章。

1909 年，米尼克被送去曼哈顿学院学习工程学。同年，他和一位新闻记者有了来往，然后被报道自杀，再然后他就消失了。同时，皮尔里则在积极地探索北极。《泰晤士报》有篇文章提到了米尼克，报道说，据米尼克的新闻记者朋友声称，米尼克对皮尔里感到心寒，并有可能要采取一些行动阻止皮尔里的北极探险，虽然天知道他要采取什么行动。当然，探险家的妻子很严肃地读了这篇报道，并认为最好的做法就是把米尼克送回格陵兰岛。所以当米尼克重新露面时，他便收到了一张单程的返乡船票。他没有拒绝这张船票，但在登船之前，他面对记者做出了这样的声明：

> 你们以科学的名义犯罪。我知道我永远不能从美国自然历史博物馆讨回我父亲的遗骸。我很高兴，在他们把我的大脑挖出来装进实验瓶之前，我可以离开。

但是米尼克错了。他们确实“挖出”了他的大脑。他在格陵兰岛过得并不好。他不知道怎么捕鱼，不懂当地的语言。他花了很长时间很痛苦地学会了，但他最后还是放弃了这样的生活，并于1916年回到了美国。很快，他在新罕布什尔州找到一份伐木的工作，在他自己造的小窝棚里一个人生活。后来，1918年，他感染了当时的流行疾病，年仅29岁就死去了。如今，他被葬在新罕布什尔州匹兹堡的一块墓地，他父亲的遗骸也终于被运回了格陵兰岛，以传统的形式安葬在北极的冻土里。

这个故事让你觉得震撼吗？它会是一个好故事吗？米尼克是一个复杂的悲剧性人物，一个值得写一本小说的人物。这部小说在刻画米尼克的同时，也是在对他所处的时代进行刻画。所以，谁将是这本小说的主角呢？他们就在我们眼前，却少有发挥的空间。米尼克当然是一个人物，还有自负的皮尔里，还有米尼克的养父，他因为吃回扣被博物馆开除，可能正是养父出于对博物馆的仇根，鼓动米尼克向博物馆提出拿回父亲骨骼的要求。

如果真实的故事很难有发挥的空间，为什么不试试虚构呢？已经有好些关于米尼克的写实书籍了。也许已经足够多。写实文学受事实以及合理推测所限，但小说可以达到写实文学难以企及的层次。小说家可以通过他的想象及研究将各种人物写进故事中，他可以有效地成为米尼克，成为皮尔里，成为米尼克的养父，或成为他们中任何一个近似的摹本。小说家可以透过表象挖掘个体的潜意识和时代的潜意识，可以在写实与虚构之间撰写故事。实际上，通过对人物所见所闻所想的重新想象，小说家可以创造出其他任何文学体裁都鲜能达成的情感效果。

什么新闻故事不能转化成短篇故事？很少。所有你需要的就是想象力和好奇心——在字里行间探寻你的人物的动机。然而，如果你写一个故事只是因为它刚好刊登在报纸上，并且你没有用到任何转化手法，也没有探索人物和情境的神秘与意义含混之处，那么不论这个故事素材多么有趣，你写的故事都不会成功。譬如，报纸曾刊登过这样一个故事，一个美容师在9月份中了1570万的彩票大奖，但她没有告诉任何人。等到了圣诞节，她把彩票夹在卡片里，卡片上写道："这是今年我能送你的最好的礼物。我爱你。"这是一个很棒的故事，在现实生活中是一个特别美妙、特别感人的故事。这在现实生活中很美好，那么放在小说里呢？让我们从丈夫的角度叙述这个故事。他的妻子最近表现得有点奇怪，他怀疑她是不是有了外遇。圣诞节的时候，她递给他一张卡片，而不是他已经暗示了好几个月的新钻头。嘿，他失望吗？当他打开卡片……嘿，这是什么？一张飘落到地上的彩票。

这类故事主要依靠的是让人惊奇的结局，而不会给我们展示人物潜在的有趣的价值。如果你从女人的角度讲述这个故事，多多少少也是类似的，甚至更容易让人猜到结尾。一个好的故事既不会全然落入意料之中，也不会全然在意料之外。好的故事并不是简单地讲述结局。在前文莎伦·索尔维兹的创作中，她在主人公等到活体检查的结果之前就结束了故事。

如果你写那个把彩票留到圣诞节的女人的故事，想想她和她丈夫是什么样的人，矛盾和冲突是什么，以及把这则真实故事转化成虚构小说的手法。你甚至也许要放弃这则故事最开始吸引你的点——这个女人的无私、她对丈夫的爱。我并不是说你必须要这样做，但是对所有的思路都持开放式的态度，会更有利于写出一个好故事，这样能让你一直挖掘你的角色和故事。也许故事的结局是她没有把彩票给他。谁知道呢？又或者，像莎伦的故事，不论好坏，彩票本身和故事的结局无关，故事的核心冲突可以是些别的什么。

列出故事的大体情节，写下主人公的生平，写一个可能的结局，翻转这个结局，尝试让思维变得开放，转化再转化。在故事里再发现故事。先让你自己感到惊奇，然后你才能思考是否会让读者感到惊奇。

梦和发现

梦也是生活的一部分。你生命的三分之一时间在睡眠中度过，不是吗？所以你不妨从中获取些什么。我们常常在梦里解决问题，即便你是那种声称自己从来不做梦的人，你也要承认，潜意识在写作中发挥着作用。事实上，写作是一种有意识的做梦形式，你坐在电脑屏幕前，或者俯身在稿纸前，脑子里酝酿着一些场景，或者让场景在你周围凭空自由地生成。在故事和小说里，你常常不知道你会写些什么，就像做梦不知道会梦见什么一样。这样的神秘感也正是写作和做梦的乐趣之一，许多作者将他们的梦作为故事的起点。

我自己的一些故事也来源于梦，我会把我记得的梦记录下来。有一次，我梦见自己在别人家的后院里挖洞，醒来后我迅速地记了下来。几年之后，我翻看笔记，看到这则记录，觉得这也许是一个故事的好开头。后来，故事写成，名字很意外地就是“挖洞”（Digging a Hole），讲的是一个男人在他前妻的后院里挖洞的故事。当然，故事的戏剧性核心就是为什么会有人做这样的事情。

我是这样开始这个故事的：

> 当艾比，我的前妻，终于注意到她后院里的我时，我已经挖了两英尺。她匆忙打开后门跑了出来。
>
> “劳伦斯，你在干什么！”她一边叫着，一边站到我的一侧，让我没办法再从洞里挖土往洞外抛。

在这个开篇里，我尝试着不仅设置故事的戏剧性问题，还介绍了人物，艾比是那个男人的前妻。我营造了两个角色之间过去的牵扯，他们也许有着过去没能解决的矛盾。当然，这个故事会通过他们外在的举止反映他们内在的矛盾。

最开始写这个故事时，我也不知道那个男人为什么要挖洞。我同艾比一样困惑。我甚至不知道这两个人是谁，所以我继续写，我必须编写出他们的过去。写作中，我发现他们失去了一个孩子，这件事情毁了他们的婚姻。类似的事情曾发生在我的一个亲戚身上，但是我在故事里改变了故事发生的环境，所以两个悲剧在细节上是不一样的，相似的只是悲剧带来的情感。此外，我添加了我笔记里的另外两个角色，一个拿着照相机的小女孩，还有小女孩的弟弟，他总是光着屁股骑三轮车。我是在 18 岁的时候遇到这对姐弟的。当我意识到，除了那个死去的孩子我还需要写一些活着的孩子时，我翻开日记，发现了他们，他们完美地契合这个故事。讲这些只是为了单纯地展示一下某个故事中各种不同素材的来源。首先我以一个梦开始，加上了我家里的故事，后来甚至把我的日记写了进来。

梦似乎总是包含暗示和象征。写梦似乎和写其他内容相反。梦是你真实生活的转化，或者是对生活的一种诠释，所以你的任务是将梦再转化为真实的生活——让它看起来真实。同样，你要通过突出的细节做到这一点。诺贝尔奖获得者加布里埃尔·加西亚·马克斯（Gabriel Garcia Márquez）认为，故事越奇幻，所需要的细节就越多，这样才能将奇幻的世界刻画得鲜活，让它看起来真实，不被人们质疑。

我 11 岁时做过一个梦，梦里我母亲写了一只会练瑜伽的蜥蜴的故事。诡异的梦，不是吗？当我醒来时，我把这个梦讲给她听。我母亲，这个总是诙谐幽默的女人，笑着说她会把这个梦写成一篇短篇小说。后来，她写了，名为“蜥蜴”（The Lizard），并献给了我。这个故事最先发表在享有盛誉的文学杂志《南方评论》（*Southern Review*）上，后来获得了欧·亨利奖，再后来它被选入了《南方评论》出版的最佳故事集。当然，这个故事不全是在讲一只练瑜伽的蜥蜴——也许这样会让它成为奇幻故事，或者儿童故事。我母亲将这个奇怪的想法放到了一个 11 岁男孩的脑袋里，她并没有完全以我为原型。

这是 1969 年的事。那时，我的祖母和叔祖父母们在佛罗里达州好莱坞的养老院，我和他们待了几个月。我母亲当时在宾夕法尼亚州的滑石镇教书。我讨厌那座小镇和那里的学校，所以我的祖母说，我可以和她待在一起，并去好莱坞那边的学校。在我搬去祖母家之前，母亲和我在她的一个叫玛吉的大学好友那里住了几天。她们好些年没见了，玛吉后来成了我笔下的一个人物。她住在一座有游泳池和小桑拿间的房子里，靠她工作的小报社的客户给的免费券为生。她做餐厅的采访，所以常常有免费的餐食。她让我印象深刻的原因是她的免费券和游泳池。我母亲是位作家，而且常常不看重物质。她认为玛吉有点精神错乱。有一次，玛吉开车载我们上迈阿密的高速公路，结果她走错了，那次差点害死了我们——我们当时不得不冲过隔离带，避免和前面来的车撞上。她总是在诉苦，抱怨自己的女儿，说她女儿总是和她过不去，或者至少，她女儿总是极度无视她。我母亲将这些细节和我那个关于蜥蜴的梦融合在了一起。她从 11 岁的我的角度讲述这个故事，让玛吉（改写后成了弗朗丝）成了那个男孩的祖母。我的姐姐诺拉在这个故事里有一个不太好的形象——她被改写成了假想出来的西尔维娅（有意思的是，这是我母亲的中间名）姑姑，即那个男孩唯一觉得亲近些的亲人。在真实生活中，我姐姐和我一样热爱想象和灵异事件，所以看见蜥蜴的男孩总是在两个世界里挣扎——物质的世界和看不见的世界。

蜥蜴做瑜伽是不可能的事，但我母亲通过她的主人公的想法让这件事变得可信，这只蜥蜴变成了男孩思想状态的一个象征。她是这样介绍这只蜥蜴的：

> 我觉得我有一个印象，我想相信，或者说我已经相信了，我看见一只蜥蜴在做运动。那不是我祖母做的那种或跳或跑或做操的运动。对我来说，蜥蜴更像是在摆一种姿势或者跳一类舞蹈。我回头看了一眼，因为我知道如果我的祖母看见我，她一定会用她的超级大嗓门（是不是所有女人都这样对她们的孩子喊叫？）问："你在那里干吗？你在看什么？"她总在怀疑有些什么事情可能让我高兴却让她不高兴。我也许不得不向她展示这只蜥蜴。她那时也许会说："怎么了？这不过是一只又脏又老、快要死的蜥蜴。"
>
> 但这只蜥蜴并非快要死了。它的腿伸展在空中，意味着一些别的什么。它也不想转到右边去：它爱往哪边转就往哪边转！蜥蜴的眼睛闪着金色的光。
>
> 它的半个身体都悬在空中，看上去它要把尾巴伸过头顶并靠在自己的背上，它的两条前腿趴在地上。我在努力回想我之前在什么地方看过这个场景，我母亲做过的运动只有游泳、网球和高尔夫。然后我就想到了我的西尔维娅姑姑，她是我父亲的妹妹，以前曾时不时来看我，还带我出去玩。她比父亲小很多，还在念大学，读的是哲学专业。我喜欢她的笑声。她会讲奇妙的故事。
>
> 我记得我见过她把脚放在头上，把自己卷成一张卷饼。她还教过我一些。欧伽？不对……是瑜伽。这只蜥蜴在做瑜伽。

看，她通过运用关于主人公的突出细节和对主人公心理的细致描写，将虚幻奇妙的想法变得不仅可信，而且还有启迪性。有这样一个关注儿子梦境的母亲，难怪我也会成为作家。

“那又怎样” 的故事

这一章提到的任何故事都可以归到“那又怎样”故事一类。这类故事的素材可能是你做过的一份工作，或是你的童年回忆。对这类故事来说，唯一重要的是它真的发生过，或者它很让人惊讶，又或是它有着一个让人料想不到的结尾。它也可以是人物的一个梦，一觉醒来，梦消失了，故事里的戏剧化内容自然变得琐碎而不重要了。这类故事还可以是：你一直热爱雪佛兰车，终于有一天，你用很便宜的价格搞到了一辆，但需要做大量的维修，所以你花了整整一个夏天修车——终于，你修好了！完工了，感觉太棒了！

对你来说确实很棒，但那又怎样？

或者你在报纸上读到了一则恐怖的暴力事件，一个连环杀手或强奸犯逍遥法外。你想写这个故事，试图“钻进主人公的脑袋里”。这样写的结果不用猜也知道，是一个从杀人犯或强奸犯的角度写的杀人犯或强奸犯的故事。你并没有像乔伊斯·卡罗·奥茨说的那样改写故事，你仅仅写了我们已经知道的事，在写作中掺入了廉价的煽情、生动的暴力和反社会因素，然后呢？那又怎样呢？

或者是，某次你有一种不祥的预感——某人要死去。你告诉了他，他不相信你，最后他真的死了！或者他没死！

这样的故事，不论是什么结局，又能怎样呢？

或者是一个单纯讲乡愁的故事。在那条叫弗代尔的小巷子里有一家老啤酒屋，50 年代的时候你经常去，现在一提起它你还会热泪盈眶。但这些不一定能成为一个伟大故事或一部伟大小说的基础。

或者是你的室友偷了你的雪佛兰，并绑架了你的祖母，他们在惨烈的车祸中全部去世！

我想你已经知道我要说什么了，如果没有，请回到第二章。你也许需要温习虚构故事的构思，以及虚构故事和逸事、回忆的不同。

附加说明

当然，所有这些关于自己的经历的写作，在分类上多多少少都有些武断。关于工作的故事可以是童年的故事。家庭故事可以是实事求是的故事。或者，你的故事可以不属于这里的任何类别。你的故事可以除了一两个细节外，其他都是虚构的。但是，这些故事的相同之处是，你在写你自己。不论怎样，不要局限于这些分类。它们旨在给你提供一个好的开头，而不是束缚你。

练习

1. 用间接手法，以你或你认识的人经历过的一次创伤为基础写一个场景。换言之，制造与读者的距离，从而使读者不能立刻知道关于你的主人公的所有事情——他的动机、情绪、怀疑等。或者改写这个创伤，让它和真实发生的事件几乎完全不同。要记住，这个场景不应该简单地依赖于事件的结果，而应该侧重于人物的发展和故事的脉络。

2. 用同一个创伤来创作，或者换一个。这次用正面叙述的手法。你同样需要改写，删掉不必要的细节和人物。

3. 就像布雷特·洛特说的，最好的家庭故事就是那些流传了几代的故事。在你的日记里写下任何你能想起的家庭故事，最好是那些会给你带来困扰的故事，那也许正是好的故事。

4. 根据梦写一个场景。哪怕梦的情景很奇怪，你也要通过突出的细节和可信的人物，将故事变得真实可信。不论你写什么，不要告诉你的读者这是一个梦。

5. 拿起今天的报纸，找一则你认为能改写为短篇故事的报道。拟出草稿，哪些人是主要角色？谁是主人公？中心矛盾是什么？这个矛盾是真实的故事所遗漏的吗？我们再次强调，故事的写作应专注于人物。根据这一要求对报道进行改写。

第六章 真实的地点

有时候，有些地方让我们一去就着迷，而且我们似乎没有办法把它从脑子里赶走，希望将它写出来。没关系，只要这故事或小说不只是粗略的、变相的游记就可以，一个关于上中学时全家一起去夏威夷旅行的故事很可能不会让读者着迷。

偶尔，我会读到跟北极苔原有关的故事。这些故事通常描写两个主要角色，大多是两个男人的终极历险：他们乘飞机飞到阿拉斯加上空时，飞机突然失去动力坠落。接下来的故事就围绕他们如何求生展开。我们从故事中得知，北极苔原千里冰封，白皑皑的一片。这样的描写能使你觉得自己正与这些角色一同在体验北极苔原吗？我不行。让读者相信他们正处在你所创造的世界里，这不是读者的责任，而是你作为作者的责任，你要通过你所选择的感官细节来向读者描摹一个地方。只有这样，当你在后面章节中将笔墨聚焦在不可思议的剧情发展上时，故事里的角色才会像天寒地冻的、荒芜的苔原一样可信。地点或背景在小说中是非常关键的元素。通常背景也有着独特的特点，在作品中几乎如同鲜明的角色。如果你能将地点写得令人信服，这可能让你的故事或小说充满生命力。在本章中，我们将探讨将真实地点写得令人信服的技巧。

记忆中的地点

我们记忆中的地点通常是小说最丰富的背景素材。就像童年回忆能成为我们写故事的跳板一样，我们小时候住过的房子、社区也可以在写作时为我们提供信息和灵感。在开始写这样的故事前，问自己一些问题。关于你童年时的家，你记忆最深刻的是什么？将家里的陈设列出来，在脑子里回想一下，从前门出发，再穿过所有房间。慢慢来，将你外婆的茶壶从壁炉架上拿起来，你知道的，就是一拿起来就会自动唱“鸳鸯茶，鸳鸯茶”的那只茶壶。留意到空气中的香味了吗？你的外婆正在煮什么？再去外面看一看。如果天气好，就去散散步。穿过社区，向你的朋友和熟人招招手："好久不见。"他们也许会问："你手里拿着什么呀？"

"啊，是我的笔记。"你这样告诉他们，边说边潦草地写下几笔。

"哦，好的，替我向你外婆问好。"他们说。

"一定。"

如果你去做这个练习，大量的记忆将如海水般涌向你。你会惊叹自己竟能记得如此之多。写下关于这个地方的每一个细节。当你写小说时，很多这样的细节将派上用场，帮你把读者带入这个地方，就像当初你自己被带入一样。

当然，你不会回忆起所有的事。有些东西你会记错。有些时候，你记得的又太多。对于任何类型的小说，你都必须学会选择，只采用那些有助于将这个地方传达给读者的细节。

写一个地方，有很多方式和理由。我们通过小说这个媒介来描写某个地方，以此守护我们的个人身份。或者说，写一个地方是为了从更广泛的意义上去了解它，理解它与其他地方的联系或区别，或是去保护它，记录它。并且从某种意义上说，在这个时间、在这个地方去生活、去爱、去挣扎的样子都将不再重现。这样的写作有点怀旧，是的，但一位严肃的小说家不会简单地出于怀旧而写作。单纯的怀旧有多愁善感之嫌，并且这种处理方法倾向于将这个地方弱化为你爱过的，而不是曾困扰你的地方。很多时候，不论是我们现在居住的地方，还是记忆中的地方，我们和一个地方的关系都是复杂且难以被定义的。

当你从情感上或从地理上短暂地远离了一个地方，你才更能够如抽丝剥茧般地看清它。你不会记全所有事，但你会记得对你最重要的事。你对一个地方的记忆是它给你的感觉。而细节，则渗透在那感觉中。从本质上说，作家是神话创作者，并且这些被他们不断提及的神话主要都与起源有关。我们长大的地方就是我们个人生命起源的地方。当我们写关于童年时代的地方时，我们在关心创世之谜，关心我们在这个神秘世界的背景下自我意识的形成。

离家近的地方

你也可以写你现在居住的地方，尽管可能因为对它太熟悉，你意识不到它可以成为你的小说内容无比丰富的来源。你所需要的是距离，就是你在记忆里自然形成的那种距离。有时，我们很难正确地看待一个地方。所以不论在身体上还是在心理上，你都需要退后一步。你可以去度个假，并在出发后在日志里写写笔记。但那对我们大多数人来说都不现实。我们并不经常度假，即便是度假，我们最不想做的事就是描写我们刚刚离开的地方。获得距离感的最好方式是通过变换视角或你周遭的事物，从心理上拉开距离。如果你住在老房子里，想象一下房子原来的主人是谁，并以他们的角度来写一个故事。E. L. 多克特罗（E. L. Doctorow）便是这样做的。他创作了著名小说《拉格泰姆时代》（*Ragtime*）。这本书的时间背景是世纪之交，地点主要设置在他当时居住的房子。或者，在你的街区附近走一走。那个只要你走出房子就偷偷观察你的老人是谁？也许你可以从他的角度来写个故事。有一天，当作家尤多拉·韦尔蒂（Eudora Welty）向窗外眺望的时候，看到一位老妇人穿过她家田地。她对这位老妇人要往何处去感到好奇。从这个随机的情景中，她写出了《熟路》（*A Worn Path*）这个关于一位老妇人为爱踏上去往小镇之路的故事。你也许会选择一条不一样的小路，悠闲地走进街角有红色霓虹灯闪烁的甜甜圈店。进去写一些随笔，点份甜甜圈和咖啡，这样看起来不会很奇怪。看看在后面做甜甜圈的人。从他们的角度写一个故事。为了准确起见，你也许需要去采访几个在那儿工作的人，或者你可以依赖你的想象力。在任何情况下，在你身边都有故事。所以，要时时处处留心。

地点的角色

首先要记住，这是你正在写的一篇故事或小说。而且我们要再次声明，人物是需要被强调的，虽然地点在你的叙述中可能成为一种角色，但别让它盖过人物角色和故事。你也许会对圣托马斯岛上的夏洛特·阿马里小镇做准确而美丽的描述，但如果你为此连篇累牍地写，你很可能会让读者觉得不胜其烦。事实上，大多数情况下，我们应该把对一个地方的所有描述固定在一个角色的意识内，并在描写这个地方的时候，尽可能多地说说关于这个角色的事。

我们来读一读罗伯特·欧诺帕（Robert Onopa）的《穿越水母之海》（*The Man Who Swam Through Jellyfish，Through Men-of-War*）这部作品的开头：

> 奇摩·阿克尔有一架赛斯纳飞机，乳白色的，他总是驾着飞机找寻可以为儿子们捕的鱼。在夏威夷清新的空气中，他优雅而曲折地在他年轻时曾撒过网的水域上空飞行：从莫洛凯岛西部海岸到瓦胡岛东部海岸的凯维海峡；从北边的玛卡普吾角到南边的企鹅浅滩。流淌在海峡间的是蓝绿色的海水，风在广阔的海面上犁出浪迹，涨潮时，水又被高高托起。他已经50岁了，但是他能分辨出一群群在海水表面之下闪着微光的奈户鱼和凤尾鱼，还有鱼鳍破水而行时可在周围直径一百码的范围内制造出白色泡沫的鲣鱼。

请注意，以上描述展示了奇摩·阿克尔这个人物角色身上的很多东西。这个角色专注于什么，以至于几乎将其他的所有东西排除在外？是鱼。在这段文字中，很多处提到了鱼。如果欧诺帕选择的是尽可能多地描述空中的云彩，他可能就没抓住重点，并且冲淡了我们对阿克尔这个人物的理解。

这里有个问题，可能有点奇怪，但它却是个永恒的讨论话题：文化身份或种族是否影响你将一个地方写得令人信服？一个非雅诺马马印第安人是否可以或应该从一个雅诺马马印第安人的角度来描写亚马逊？若是一个非海地人来描写太子港或迈阿密的海地领土，又会怎样呢？如果你的答案是“否”，那么你就低估了想象力在文学中所扮演的角色。并且，你真正想读或写的是非虚构类文学作品。如果你要求在狭义上，一个小说家的生活就是他笔下所写的，那么你对什么是小说知之甚少。当然，根据作者的名字，我们会对作者做出或对或错的假设。如果这位作者的名字是伊丽莎白，而她又是以一个男人的立场来写作的，我们会密切关注这个立场的准确性。如果这个作者的姓是多明格斯，并且她所描写的是尤卡坦半岛上的美利达镇，我们会想：啊，多明格斯，拥有这样的姓氏，她一定真的很了解尤卡坦。

但遵循这样一条标准是愚昧的。仅仅因为你出生在南卡罗来纳州的查尔斯顿，或在那里长大，或是祖父母和外祖父母皆葬在那里，并不因此意味着你能写出关于这个地方有价值的东西。事实上，令人震惊的是，一个土生土长的纽约人可能比你更能写好查尔斯顿。

以罗伯特·欧诺帕为例，当你读到他的名字，然后读他故事的节选时，你对他做了什么样的假设？让我们想一想。欧诺帕？那是个夏威夷人的姓氏吗？可能是。对我来说，听起来像是个日本姓氏。好吧，你知道的，在夏威夷有大量的日裔美国人。事实是，罗伯特·欧诺帕是一个在夏威夷大学英语学院教书的夏威夷白人（如果你不知道夏威夷白人是什么人，你得去夏威夷找答案），并且他的姓是波兰姓氏。这改变了你对他的故事的理解吗？

不应该有所影响。

就像我曾说过的，人们通常对他们的经历有一种拥有感。他们对自己长大的地方也会有一种拥有感，尤其是如果那地方像查尔斯顿一样有些历史，或像夏威夷一样有文化独特性。当一个人的种族认同与一个地方紧密联结时，他可能会觉得你对他的领土的虚构式描写是一种侵犯和利用，不论这描写是多么令人信服。有时候，当外来作家们以他们自己的角度来描写当地人时，当地人会觉得他们的地盘被别人侵占了。有一位著名作家曾在一个艺术小组中担任评委，在得知一位艺术家和她笔下的小说人物种族不同时，这位评委不仅拒绝给她颁发奖金，竟然还打电话给这位作家，谴责她太过轻率，可以想象这位作家有多么吃惊。另外，一家大型杂志曾拒绝了一个它已经准备发表的故事，仅仅因为后来了解到作者的种族和他笔下角色的种族不符。

在《如何讲述一个真实的故事》（*How to Tell a True Story*）一文中，玛戈特·利夫西（Margot Livesey）富于洞察力地指出："在现在的环境中，如果一个作家从未去过越南，却将小说背景设置在那里，那么他的作品不太可能像《红色英勇勋章》（*The Red Badge of Courage*）那样被读者们欣喜地接受。特定的经历——参战、有不同种族身份、患上某些疾病、有其他性取向——不再被视作适合想象力的领域。我们想要作者基于记忆来写作。"但是，这样的期许当然是荒谬的。不论是凭借经历还是想象力，并不存在谁比谁更优越。小说家不是非虚构文学作家。如果我们让小说家们陷进极为狭义的概念中，仅仅写他们所"知道"的，那么，根据这个词最具体的含义，我们应当也要求演员们停止表演，画家们停止画画，除非他们能用最严格的方式再现他们的生命。《中途航道》（*Middle Passage*）的作者查尔斯·约翰逊（Charles Johnson）也持相同意见。《中途航道》讲述了一艘奴隶船的故事，并在 1990 年获得了美国国家图书奖。在一次作家与写作协会“作家纪事”的采访中，他说：“作家们一直以来都能将自己转换至其他种族、其他性别和其他历史阶段……作家们以前是那样做的，以后也会一直那样做。不论谁因为政治原因或其他原因觉得自己的领土被侵占了……这种论调都意味着，认为知识是基于种族、受种族制约的。这种想法太可怕了。最终，它会演化为种族歧视。”

我可能会补充的一点是：你不可能侵占想象力的领土主权，因为它没有主宰者也没有疆界。你所写的故事与我所写的毫无例外是永远不同的，无论我们的素材来源是否相同。

更进一步来说，你能写一个你从未去过的地方吗？诺贝尔奖获得者索尔·贝娄（Saul Bellow）从未踏足非洲，却写了《雨王汉德森》（*Henderson the Rain King*）这样一篇关于一个古怪的美国百万富翁在非洲历险的小说。罗伯特·路易斯（Robert Louis）在探访南太平洋（他后来去那里居住）之前就写了《金银岛》（*Treasure Island*）。那些在一部作品中描写不同时期发生的事的小说又怎么样呢？

在 T. 克拉格森·波伊尔（T. Coraghessan Boyle）的小说《水之声》（*Water Music*）中，主角是一个苏格兰探险家，背景是在数百年前的非洲。显而易见，通过运用想象力把作者本人和读者带回从前是非常必要的。作家罗伯特·福克斯（Robert Fox）来自俄亥俄州，他的短篇小说《她的故事—他的故事》（*Her Story-His Story*）获得了纳尔逊·艾格林奖。这篇小说是以一个在押的黑人囚犯的视角来写的。福克斯去过监狱，但只是作为一个局外人、一名教师和工坊组织者。一群读过这本小说的囚犯和他见面，发现他是白人，非常震惊。但是，他们之后的回应却很正面。福克斯将监狱描写得如此形象，这一点比福克斯的种族身份更令这些囚犯震惊。在故事里，福克斯描写了 20 年前的监狱，以及之后它是如何改变的。写这部分时，他完全凭借自己的想象力，他从未见过 20 年前的监狱。其中有一个犯人，他像监狱历史学家一样了解监狱，他觉得难以置信，因为福克斯连细节都描写得非常准确。

在散文《自传恐惧症：写作与隐秘生活》（*Autobiographobia: Writing and the Secret Life*）中，小说家、诗人大卫·姚斯（David Jauss）讲述了他接到的两个电话，两个来电者都相信他故事里的地方和人物是真实的。

> 其中一位是男士。他告诉我他刚读完我的小说《阴雨连绵》（*Rainier*）。小说写的是一个离了婚、儿子又死于车祸的酒鬼的故事。“我也遭遇了同样的事。”他在电话里说。然后，他告诉我在儿子死后他所忍受的痛苦，以及匿名戒酒会是如何帮助他克服酒瘾、战胜悲伤的。他没哭，但我知道他在强忍泪水。他说完自己的故事后，停顿了一下，然后说：“我只是想让你知道，你并不孤单。”
>
> 我不能告诉他，至少在那一刻，他是孤单的。我的故事不是自传。我从未在故事的发生地蒙大拿州或怀俄明州居住过；我没离婚，也从未离过婚；我不是酒鬼，也谈不上正在康复什么的。并且我非常开心，我的儿子非常健康。没有任何故事里的事发生在我身上，或发生在任何我认识的人身上。我编造了它。我不忍心告诉他这些。然而在整个通话过程中，我假装这个故事是真的，并且分担了他的悲伤，并不是在想象中，而是实实在在地分担了他的悲伤。
>
> 第二个打来电话的是位越战老兵。他读了我的短篇故事《冰冻》（*Freeze*）。这个故事是关于一个美国大兵在越南踩了地雷，地雷没爆炸，但仍给他的生活带来了毁灭性影响。他打电话想问一下我们是否见过。“我记得你写的那个家伙，”他说，“那个中

尉。我想我们肯定差不多同一时间在莱溪待过。你认识拉里·开尔文吗？或者里克·哈蒙德？”当我告诉他我从未去过越南时，他不只失望，还非常愤怒。“谁给你的权利来写一场你他妈从未参与过的战争？”他质问道。很显然，他觉得像被一个骗子骗了一样。在某种程度上，他是被骗了，因为小说家当然是骗术高手，通过文字换取你的信任和金钱。

确实。小说家的工作就是让读者相信。这是《冰冻》的开头：

一开始，弗里兹·哈里斯认为越南是一场疯狂的噩梦，是个颠倒了的世界，在这里你应该做真实的世界里不被允许的事情。但不久后，你却发现，是那个原本真实的世界看起来不真实了。切掉死去的越军士兵的耳朵已成了例行公事，在克罗格超市摆货架倒像是只有在梦里才能做的事。之后，在铁三角的一次任务中，弗里兹踩上了一颗德国S型地雷，但地雷没有爆炸。从那以后，一切都似乎不再真实了。仿佛当他踩上地雷的时候，他就已经离开了越南。现在，他哪儿也不在。

以下是愤怒地致电大卫·姚斯的越战老兵可能会更加青睐的故事：

姚斯的批判者们宁可这样沉默着、空白着，让这故事处于未写或未写完的状态。然而如果这位老兵当时能审视自己的反应，也许他会对姚斯更宽容一些。在姚斯的故事中，这个老兵把自己的经历和姚斯的故事做了一个关联，他回忆起一件类似的事，并且产生了对另一个人眼中的世界的同情。对我来说，那事实上是对小说写作可能有的最好的辩护。通过小说，作者想象出一个世界，在那个世界里，我们可以同时连续地安放众多的意识，并且拜访我们可能只能在梦里见到的地方。

无论如何，这个方法并非处处适用。再没有比凭借对从未去过的地方和从未了解过的观点的偏见而写出的拙劣故事更糟糕的了。但想象力是一种很强大的东西。“我写过我从未去过的地方，”巴里·汉纳说，“当我真正到了那里的时候，我发现我猜测得很对。我认为，与本地人相比，外来者通常有一个更为精确的视角。我过去常常不愿相信，但现在我相信。由一个纽约人报道南方，或由一个南方人来介绍纽约，这些都很好。”

我不是说对你所写的地方无知是件好事。那非常可笑。恰恰相反，在写一个地方之前，搜集关于它尽可能多的信息非常重要，追求真实性也十分必要，这点我们在下一章会进行讨论。这里我想说的就是：它是可能的。

一切在于细节。当你以一个不属于你的视角写一个不属于你的地方的时候，如果你依赖于显而易见的、陈旧的东西，你不会成功。甚至在描写一个地方时，那些对该地非常熟悉的人有时也会依赖于刻板印象。来，就当是对你的想象力进行一次测试吧。如果你将故事的背景设定在纽约，不要让你的角色站在特朗普大楼前振臂高呼：“你这个疯狂怪异的城市，我爱你！”如果描写纽约，你最好能提及一些不那么出名的建筑，比如百老汇街上一家特别的韩国杂货店或干洗店。细节越特别越有个性，看起来就越可信。

选取一个地点

正如我所说，很多作家选取一个地点，然后写进他们的小说。这个地点也许不是他们的出生地，而是他们现在居住的地方、一个他们曾路过的地方，或者一个他们从未到过的地方。是否成功取决于作者的想象力和技巧，而不是他与这个地方在现实世界里的联系。

有时候，正是你从未住过的地方吸引了你的想象力，就像当初菲利普·杰拉德（Philip Gerard）写《哈特拉斯角灯塔》（*Hatteras*

Light）一样。这部小说的时间背景是在 20 世纪早期，主人公是一位北卡罗来纳州的外班克斯岛的救生员。杰拉德现在住在北卡罗来纳州的另一个海岸城市——威明顿市。在写哈特拉斯这个地方的时候，他正住在亚利桑那州。但哈特拉斯已经陪他度过了很长一段时间，他说："这片土地好似已经融入我的骨子里了。我不停地梦到它，想念它。"杰拉德的《恐怖角升起》（*Cape Fear Rising*）一书的背景是 1898 年的威明顿市。他说，就像哈特拉斯一样，威明顿这个城市里也有同样的事发生在他身上。"当我行走在街上，幽灵开始从人行道的裂缝和河水中钻出来。这个地方给人一种恐惧的感觉。这里有种历史的厚重感。并且你越接近威明顿的市中心，那些魂灵就越会让空气变得浑浊。在某些建筑物里，更是强烈得令人几乎无法忍受。"为了将一个地方写成功，你必须得被它征服。如果它没有"融入你的骨子里"，你的处理很可能会变得肤浅、幼稚，或者过于浪漫化。

作家菲利普·格雷厄姆（Philip Graham）出生于布鲁克林，但对他的想象世界和小说创作影响最大的是西非和美国中西部。在过去的二十多年里，格雷厄姆居住在伊利诺伊州的厄巴纳-香槟市。他富有想象力的妻子阿尔玛·戈特利布是人类学家。为了支持妻子的研究，他也在象牙海岸度过了相当长的一段时间。他们与一个叫作"蓁"的少数民族一起生活了很久，二人合著了《平行世界：当人类学家和作家遇见非洲》（*Parallel Worlds: An Anthropologist and a Writer Encounter Africa*）。这本获奖回忆录记录了他们与这个少数民族相处的过程。在非洲居住了一年多以后，格雷厄姆发现在这个过程中，非洲对他来说变得越来越熟悉，美国却变得不熟悉了。"家已不再是我想象中的那个样子，"他说，"它已不是我离开时的世界。我现在正回到一个叫作美国的世界。家是一种特定的文化和地点，这个事实是我以前从未真正思考过的。我是它的一部分。它是我赖以呼吸和生活的一切。你知道，你与你长大的地方和文化之间有着一种非常复杂的关系。似乎这世界本该如此。在我前往非洲前，我从未真正理解美国。这给了我一个双重视角，我没有意识到，这对身为作家的我是一个多么大的福祉。灵感自己就冒出来了，因为你知道一个完全不同的文化是什么样的。”

换言之，格雷厄姆已经知道如何带着一种新的好奇和距离感去观察自己的文化。最好的作家通常都是最好的观察者。对于别人认为理所当然的东西，作家们像第一次见到它一样观察它。“奉”这个少数民族都居住在院子里，所有的日常生活都在庭院里进行。因此跟美国相比，这里的生活更加公共化。如果你想穿过一个村庄，你基本上必须要穿过你邻居的起居室才能到达目的地。这个少数民族的字典里从没有“隐私”这个词。如果你和你的配偶在争吵，整个村子的人都会来围观。相比之下，在美国每样东西都是私人的。你不会穿过你邻居的房子，你也不会不请自来。事实上，你必须预约才能拜访。美国人的私人世界似乎莫名地有些不自然，当格雷厄姆回到美国后，他甚至觉得美国是冷漠的。回到这个国家后，他开始意识到美国人在私人生活中是多么彼此孤立。格雷厄姆在他曾居住过的非洲村落的庭院里观察到的争吵也同样发生在美国家庭中。不同的是，在美国，几乎不会有外人来围观。他观察到，美国人建造了他们自己的小洞穴去设计、装饰和居住，在某种程度上，也用以躲避彼此。

格雷厄姆说，非洲启发他写出了所有的故事，尽管事实上，他所写的每一个故事发生的地点都设定在了其他地方。当他与“奉”这个少数民族居住在一起的时候，他的父亲去世了。他无法及时赶回美国参加葬礼，所以他为父亲举办了一个奉族葬礼。在奉族对于来世的概念里，死人拥有一个平行世界，可以继续他们的生活，尽管活着的人看不见。这个观点启发了格雷厄姆，他想到写一组关于十个美国鬼魂的故事，这些鬼魂都存在于美国版的奉族来世说里。他脑子里装满了这些幽灵与奉族占卜者对话的故事，最终他用这个点子创作了短篇小说《天使》(*Angel*)。

在某种意义上，格雷厄姆接纳了非洲，或者说，非洲接纳了他。另一个被格雷厄姆当作家的地方是美国中西部，这个地点也在他的小说中扮演了非常重要的角色。他的短篇《室内设计》（*Interior Design*）的地点就设定在美国中西部，整个故事基本上延伸了他对美国人居住的“洞穴”的沉思。故事的叙述者是一个女室内设计师，触发他写这个故事的诱因有两个。第一个诱因是他到华盛顿拜访朋友。这些朋友正在买新房子。他们给他看了一个由建筑商提供的介绍样板房的小册子，册子底部有一条免责声明：“样板房里的所有家具均为实际家具的四分之三大小。”为什么？为了让房子看起来更大，这样潜在的顾客会以为他们买到了比实际更大的房子。第二个诱因是他去伊利诺伊州一家农舍参加一个准备迎接新生儿的聚会。勤劳的主人建造了一个波利尼西亚主题的房间，并在这个房间为住在谷仓里的几只猫建造了一个水池和一个精致的地下隧道迷宫，这样它们就可以随意地进出房间。在浴室里，格雷厄姆看到地板上一扇小小的活动门打开了，一只猫把头伸出来，然后又迅速缩回地道。格雷厄姆惊讶极了。如果有一个人，仅仅是路过，他怎能猜得到在这间平凡的伊利诺伊农舍里这奇异的生活呢？

《室内设计》这个故事的叙述者就是那个使用四分之三大小的家具来欺骗购买者的建筑商的女儿。她对设计的热情在很大程度上源于她想为父亲赎罪的心愿。她所做的工作之一——尽管在故事中只是被简单地提到——就是设计一个格雷厄姆在他参加农场聚会时看到的那个“波利尼西亚奇妙的房间”。一旦你明白非洲对小说作者的影响力，你就会发现她——故事的女主人公——对家具和生活空间的看法完全受到了非洲的影响。以下面这场主人公与她丈夫弗雷德里克之间的互动为例：

> 那是在10月，我刚在门廊画完一幅大型体育馆的草图，草图上很多棒球在飞——它们全是我们队的本垒打。我和他正在观看职业棒球赛，我们中间放着一大碗爆米花。我漫不经心地说："亲爱的，你知道吗？有个国家，主人会把椅子擦得非常亮，这样当来访者坐下时，看到椅子这么干净，就会受到感染，然后努力表现为好客人。"
>
> "嘘，"他说，"关键时刻！"
>
> 终于等到三振出局，下一轮还没有开始。"你知道，"我向后靠了一点点，希望他可以看我一眼，"我在哪个地方读到过，在非洲，有些人认为你的灵魂就在你的椅子里，别人不能坐在那里。当你起身的时候，你就得把椅子翻过来，这样你的灵魂就不会被偷走了。"
>
> "想象一下，"我说，"椅子并不只是椅子，人们认为它是什么，它就是什么。"
>
> 他从我这里抓走了遥控器，嚼着爆米花咕哝道："好吧，那确实是一种看待椅子的方式。"
>
> 这让我停下来了。我总对他说看待一样东西有很多种方式，但可以肯定的是，我想让他用我的方式来看……

当她最终离开他的时候，她把房子里所有的家具都推倒了，这样，她的灵魂就不会被偷走了。

人们通常不会把美国中西部和非洲放在一起，但那就是格雷厄姆一点也不像你遇到的其他任何作家的原因，也是他的故事让人感觉如此熟悉却又如此非凡卓越的原因。

伪装一个地方

正如可以写出一个合成的人物，你也可以写一个合成的地方。通常作者只是草草伪装，并不打算骗过任何人。把你的伟大的东部城市唤作“大都市”，而不叫它“纽约”，这种做法会给予你很大的自由。首先，你在向你的读者发送信号，尤其是向我前文提过的非常挑剔的、读你的书的时候连一点细节都不放过的读者。你在告诉所有人，包括你自己，这本书是小说。并且你所写的地方就像神灵的家——奥林匹斯山——一样神秘。当然，奥林匹斯山是希腊境内一座真实的山。通过这样一种奇异的编织，你实际上正在用这个策略来安抚读者。你正在反败为胜。你不说“找出我书里所有不准确的地方吧”，而是在取悦这位一点也没被你的伪装所欺骗的资深读者。你问他：“猜猜我这故事里哪些才是真的？”很快，那位读者就会以为他已经把什么都弄明白了。“哇，那就是辛普金先生的房子！”他会大声说。尽管你完全不知道辛普金先生是谁，更别提他住在哪儿了。

但还有其他的理由来伪装一个地方。也许是因为你不想伤害你家乡的朋友或家人，或者那些你认为会因你对这个地方逼真但不讨人喜欢的描写而伤心的人。又或者，你可能曾在芝加哥一间酒吧里目睹过一场白刃战，并且你决定在自己的小说里加入一个基于那段记忆的场景。当然，那间酒吧的老板读到你的小说的概率很小，但你无法保证。如果你写了关于那个地方不愉快的事情，那地方的主人可能会很愤怒要去控告你。关于这一点，在第八章我会讲更多。但重点是，不要让自己太容易遭遇法律诉讼。如果你有所怀疑，就更换一下事件发生的地点。基于一个真实的酒吧，但把它设定在另一个城市。改变一下酒吧的名字。编造一个新的城市名字。也许这场白刃战完全不需要发生在酒吧里。把白刃战的发生地点转移到一个高档餐厅，看看那会怎样改变你的故事。把刀换作水枪、黄油块、槌球槌。就像处理小说中的其他要素一样，尽管灵活地运用真实的事件，并对改写的过程持开放态度。

练习

1. 在一个不熟悉（对角色而言不熟悉，但对你来说很熟悉）的背景下，基于一个你熟悉的人，给一个角色写一个场景：自塔尔萨搭乘高铁而来的贝蒂阿姨，或者来自纽约的卢克叔叔，他们毫无预兆地出现在你的公寓。从这个角色的角度描写一个场景。现在请改写，从你的角度来讲这个故事。在从一个人的角度换到另一个人的角度时，你对背景的描述是如何改变的？在基于你的角度的版本中，是否有一些细节已经丢失？为什么？

2. 去你长大的地方做一次精神之旅。留意所有的细节。重新认识这个地方。在过去的街道上、房子里、田野里，藏着什么故事吗？

3. 在你现在居住的地方做一次精神之旅。这儿的故事在哪里？注意每一个景象和声音，寻找故事。

4. 以一个最开始住在你这栋房子或公寓里的人的视角写一个场景（就像爱德·加劳伦斯·多克特罗在写《拉格泰姆时代》时所做的一样），或者是一个在你之前住在那里的人，或者只是一个你想象出来的在你之后住进来的人。你落下了什么东西，遗忘了什么东西，比如衣服、家具、钱吗？会让下一个居住者感到好奇吗？

5. 给一个你熟知的地方做伪装。写一个跟它有关的场景，针对任何让你感觉可以自由发挥想象力的元素做出改变。象征性地思考这个地方，什么样的象征或符号可以最好地传达这个伪装后的地点给人的感觉或氛围？

第七章 写作（重写）要令人信服

整个创作过程要求你务必按照小说的规范来打磨故事。和写作的其他阶段一样，你要对结构、灵活性、距离和人称等做方方面面的修改。你写的东西不可能立刻就很出彩。事实上，几乎没有作品是这样的。写作的艺术魅力源于精雕细琢、不断的修改。只要你不放弃，坚持到底，就能把一切写成好故事。本章我们将讨论从研究到修改——一些让所讲的故事尽可能精彩的技巧。

研究

当然，你不一定非要写自身的经历。以往通常的建议是“写你知道的事情”，但这句话究竟是什么意思？你所了解的并非是静态的、一成不变的。我们都能不断地学习更多东西，这就需要借助研究。如果有什么是你不了解的，就要通过研究弄清楚。许多小说作者都采用研究的方法来完成自己的作品。已故的小说家詹姆斯·米契纳（*James Michener*）曾雇用专门的研究人员，帮助他创作宏大的史诗作品。还有那些知名度较低、创作短篇小说的作家，很多也是如此。

小说家的研究工作无所不包。提到研究，我们马上就会想到埋头于图书馆的书库，浏览鲜有人阅读的书籍，但这只是研究的一种方法。研究有两类：一手研究和二手研究。一手研究指你要亲自到所写的地方去，比如在西班牙的潘普洛纳和公牛一起奔跑，或者采访水门事件里的阴谋人士。二手研究指阅读与你要描写的地方有关的书籍，观看公牛奔跑的电影，或者听一下对戈登·里迪的采访。

只要最终的作品能让读者觉得真实可信，这两种研究方法对于小说作者而言效果是相同的。还记得上一章我们讨论过的内容吗？即使你曾经在某个地方住过，也不代表你对该地的描写就一定有说服力，反之亦然。没有到过某个地方并不代表你的描写不会有说服力。就像我提到的那样，倘若没去过某个地方就不能确保描写有说服力，那么历史小说的创作就变得不可能，更不用说科幻小说了。只要你做了相关研究，而且能够在虚构的背景下令人信服地运用，那就不必为了把某个地方描写得具有说服力而亲自去考察了。但这只是一般情形。

如果你想写一本有关婆罗洲的小说，就要尽可能地去发现这个地方。通过阅读了解该地的文化、植物、动物和气候，你可以从书籍或者图片中了解到一个地方的许多方面。观看有关婆罗洲的纪录片，采访曾经生活在该地的人以借鉴他们的经验。观看微电影《婆罗洲时代》（*Borneo Times*），或者去图书馆查询相关的论文。如果你写的故事发生在 1955 年，那就去查找当时的相关资料。但不要仅看文章，还可以看看广告、婆罗洲人的穿着打扮，以及电影院放映的影片。

知道何时停下

做研究存在的一个问题就是，你从来都不知道何时停下。当然，你想确保万无一失，而且大多数优秀的作家都是完美主义者，所以你会不断地阅读有关婆罗洲的一切资料，直至读够 25 本探讨相关话题的书籍，看过大量的录像资料，会说岛上的方言，但还是没有开始创作小说。一不小心，你就可能永远无法开始，因为你会对研究产生依赖。

如何组织研究并不重要，索引卡、日记、录音机和相册都可以，重要的是不能让研究失控。这听起来也许有点奇怪。但在第一份草稿中，你只能依靠你的想象力，尤其是在你发现自己深陷无休止的研究泥潭当中时。如果能合理地发挥你的想象力，那么它会是很棒的工具，有时事实和想象就是那么巧合。在你有了一份可行的草稿之后，用研究将空白填满。这种方法非常管用。草拟初稿时，你要不畏艰难，而且不必为自己的无知感到羞愧。到后来你会有进步的。

在极少数情况下，如果你的想象力足够强大，并且令人觉得你创造出来的世界是可信的，那么究竟是否真实就不重要了。数年前，我在《纽约时报书评》中读到一篇书评，是评析一位法国女作家的小说的。小说故事发生在格林尼治村，但作者本人从未到过这个地方，而且对这个地方知之甚少。尽管评论者也觉得有点困惑，但仍然对这本书给予了较高的评价，并认为这本书是纽约格林尼治村和巴黎某个街区的奇妙混合物。但这并不妨碍人们觉得这本书很有趣，而且在作者创造的背景下也让人觉得故事是真实可信的。

法国艺术家亨利・卢梭曾是巴黎一名邮政人员。他的画作描绘的都是非洲的景象，但其本人却从未踏足非洲。画面的丛林场景中出现的巨大植物，其实也就是法国植物的放大版本而已。卢梭的绘画有种童话般的内在气质，但这些场景却以它们自己的方式让人们觉得很真实，就如同一部好的童话会吸引读者，并带给其有关人类真实状况的一些启发。

结合研究

当我写《最后的斯蒂庞克》时，我找来关于斯蒂庞克各种各样的书籍，并把它们摆到书架上。我还找到一部关于斯蒂庞克的纪录片，以及关于斯蒂庞克家族在印第安纳南本德所拥有的诸多房子的小册子。这里是斯蒂庞克工厂的所在地，也是小说故事的发生地。我把一幅南本德的地图挂在墙壁上，买了一份日历，用斯蒂庞克杯子喝咖啡，使用斯蒂庞克的冰箱磁贴，身上还穿着斯蒂庞克 T 恤。

我认真研读这些书籍，对着地图沉思，反复播放录像，并认真地用斯蒂庞克杯子品尝咖啡。不久，我对斯蒂庞克的了解增加了许多。但问题是，我写的并不是斯蒂庞克汽车或者家族的历史书，而是一部小说。尽管斯蒂庞克这家人是小说的一部分，但他们主要还是在比喻的层面上发挥作用。小说的核心是要描绘斯蒂庞克的家族工厂关闭

25年后，今天仍住在南本德的这家人的故事。主人公的父亲曾在家族工厂工作过，并在工厂关闭时遭受了重大打击，但在主人公自己的生活里，除了斯蒂庞克家族的历史遗留问题，她还有其他很多要担忧的事情。

但我仍想把通过各种渠道得来的信息写进这本书里。例如，在工厂关闭前一年，在南本德市中心举行的圣诞游行中，主办方重新喷涂了一辆斯蒂庞克。我很喜欢喷涂汽车这个场景，但不幸的是，我没办法放进小说里去。还有一些有关这家公司不可思议的事情，有些我能够写进书里，有些却不能。起初的草稿中有一个餐厅场景，发生在主人公洛依斯和她的前任丈夫威利之间。在这个场景中，威利鲁莽地将有关斯蒂庞克的事情说给前妻听，滔滔不绝，可是读者早就已经厌倦了。我写的时候就料到这样不太好，但我觉得需要把它呈现出来。

这就是常说的“伪装成对话的阐述”。把研究结合在对话中并非不好，但对话不应该只为传递信息而写。同样，你不必把所有的研究都结合成难以消化的一大块，而要通过故事娓娓道来。细细阐述会拖慢故事节奏，所以要少用，这样才不会打断读者的阅读。另外，问问自己为什么要把这种种事实加进小说或故事里。难道仅仅因为是趣闻？还是说，这样可以丰富整个故事？

有一个相关的问题是，你必须找到传递所收集到的信息的正确方法。有时候，当你设法将发现的事实加工进去的时候，故事会变得更像随笔。对于你要讲的故事，你发现的所有事实都是完全必要的吗？婆罗洲居民的人均收入重要吗？对于一个故事或者一部小说来说，许多细节是完全没有必要让读者知道的。即使有必要，你也要找到合适的方式，对读者循循善诱，想办法不让他们注意到这其实是关于不同时空的细节。

写作要令人信服

评论家认为法国女作家很成功地描写了格林尼治村，因为她的描写“令人信服”。人们在研讨会上经常使用“令人信服”和“写作要诚实”这样的词语，但没人真正知晓究竟如何做到以上这两点，除非天生具备这样的能力。“写作要诚实”可能是比较危险的词语（尽管我自己也用过），会导致作家在纸上滔滔不绝，或者对材料不加任何改写，写出自传性的东西。写作要“令人信服”同样让人觉得神秘。你可以做很多研究，你可以去了解写作的对象，但你一旦开始写，似乎就难以让人信服。其中的原因林林总总，和写的故事难以让人信服的作家一样数量众多，还各有不同。但其中有一个重要原因和大卫·赫德尔（David Huddle）在《写作习惯：随笔》（*The Writing Habit：Essays*）一书中将写作称为表达“虚假自我”有关。他解释说：“虚假自我常发生在一种人身上，他们非常喜爱文学，喜欢幻想、虚构，喜欢绚丽精美的句子，他们笔下的主人公总是美好到不像活在这个真实世界里的人……真是太邪恶、太糟糕了。”这样的作者可能更追求文学色彩，或者说想要通过对他笔下人物的理解来显示自己的睿智。通常，这样的作者会试图模仿他所崇拜的作家。这样也挺好，通过模仿进行学习是值得尊重的方式，只要你最终能放弃模仿的声音，找到最能代表自己的声音。

伊恩·麦克米伦（Ian MacMillan）就是那种能够将他不曾经历的时代和不曾去过的地点描写得令人信服的作家。他出生于纽约州北部，在夏威夷大学授课多年。有时候他写的是自己称之为有关纽约的“牛和电锯的故事”，但大部分情况下，他描写的对象却是第二次世界大战期间的东欧。他的小说《黑暗轨道》（*Orbit of Darkness*）精彩地剖析了被逼陷于极限环境下的人类心灵，并且以不同人的视角赤裸裸地对这场战争进行了分析。这本书中有一个人物从头到尾都在，也是一个历史人物，叫马克西米利安·科比，一位方济会神父。在奥斯维辛集中营里，他自愿替他人被关进牢房。小说中的另一个故事是以一个抗击德军的乌克兰分裂主义者的视角展开的，书中最震撼人心的一章描写了一个俄国小男孩，他和奄奄一息的姐妹、祖父一起，疲惫不堪地穿过到处都是尸体的冰冻荒原，而一路上，祖父奇迹般地没有让他们饿死。有人不喜欢麦克米伦这个作家，他的洞察力通常让人痛彻心扉。但他的观察很精准，本质上又直指人性，所以他的作品从未让人觉得过于煽情。从俄国小男孩的视角进行描写的这一章题目是“哺育”。以下是此章的开头：

> 在离村子很远的地方，我们发现了一幢楼，楼旁边有一条长椅，上面坐着四个赤身裸体的男人。他们的脚都放在马匹的饮水槽里。他们的头发上、脸上和因寒冷而耸起的肩上都布满了冰霜。我们从旁经过，祖父萨布罗夫走近他们看了一下，说：“他们都被绑在那儿了，脚被绑着放进水里——我是说冰里。”

这一段很短，但写得令人信服。要记住，结合你的研究的最好方式就是根据你对主要人物的了解安排不同的“事实”。麦克米伦采用的细节是具体的，语气简单却不容置疑，描写的行为动作也干脆利落。诚然，像他讲述的其他故事，这个故事也包含了一些让人觉得阴森不安的画面，但这些恰恰就是第二次世界大战期间人类经历的惨状，而且许多地方反而呈现出一种奇异的美。

修改过程

写作要令人信服，其中一环就是要修改。事实上，对于大多数作家而言，修改可能是写出令人信服的小说整个过程中最重要的环节。

正是在这个过程中，真正的艺术诞生了。要对你的故事做必要的局部调整和整体的大修。例如，一个糟糕的结尾可能毁掉一个好故事。很多时候，你是在修改过程中找到了故事应有的结尾，然后才觉得之前的结尾难以接受。也许你需要更多的细节。也许你把一个不必要的人物放到了故事当中，这个人物在真实事件中扮演过重要角色，但在小说中似乎并没什么用处。当然，每次你增加一些内容的时候，同时得删减其他一些内容，以确保故事的平衡。同样，每次当你去掉一些内容时，也有一些新的东西需要加进去。

12 岁那年，我按照商品目录册买了很多恶作剧需要的道具，比如假痰、假狗屎、噼啪口香糖、烟卷和痒痒粉等，应有尽有。但那年我得到的最好的宝贝是“大耳朵”。这是一个窃听器，是一个橙色的圆锥体，配有三脚架和一副耳机。有了它，我能听到几乎五百码开外的谈话。当时，妈妈和我住在密苏里州的哥伦比亚市。她在史蒂芬斯学院教书，于是我常常带着“大耳朵”到史蒂芬斯湖去，用它来偷听一些情侣亲热的悄悄话。有时候他们会抬头看着我，他们肯定纳闷：这孩子在干什么？这时我马上把“大耳朵”对准太阳，假装我正在认真地做某个科学实验。

史蒂芬斯是女子学校，我喜欢上了妈妈教的学生。我最喜欢的一个女孩名叫南。南烟瘾重，但我反对吸烟，所以有一次，当南走过来的时候，我把一个小烟弹放入了她的一根烟里，希望一旦香烟在她脸上爆炸，她就会明白吸烟有害。我觉得这样很有趣。但结果却逊毙了，她的裙子着了火。但幸运的是，南并没有受伤，反而莫名其妙地喜欢上了我。

有一次妈妈要离开一段时间，把我委托给了一个名叫罗宾的女学生照看。妈妈要去丹佛做一个耳部手术。罗宾的前男友知道她在哪儿后就绑架了她和我。他开着车载着我们，嘴里不停地念叨，而且还越来越生气。我不晓得究竟发生了什么事。他突然停在了一条土路上，然后告诉我沿着路一直走，直到走出他的视线为止。大约有 15 分钟的时间，我什么也没听到。最后，罗宾赶过来对我说："好了，他会把我们带回家的。"随后事情就结束了。我们下车后，罗宾没有报警，还让我答应不把发生的事情告诉妈妈。我答应了，因为我实在不知道究竟发生了什么。直到 20 年后，当我开始写有关"大耳朵"的故事时，我才又想起这段经历。

我觉得这次事件与南的那件事似乎是吻合的，因为它们都与男人对待女人的方式有关，与伴随我们成长的攻击性行为有关。对有些男人来说，愤怒的导线总是和喜爱的导线串联在一起。所以我把南与罗宾两个人糅合在一起，让事情发生的情形也基本保持相似。但在故事里，妈妈离开是为了见男朋友，而不是去做耳部手术。

我试着写下了这样的开头：

> "大耳朵"简直和彼得一般大，而且色泽鲜艳。无论彼得将它带到何处，它都能成为众人瞩目的焦点。但并没有人真正知道它究竟为何物，除非向彼得问起。彼得经常训练自己对那些提问的人摆出挖苦的表情，尤其是对那些孩子。他站在黑色三脚架上"大耳朵"的旁边，专心致志，看上去如内战期间的摄影师那般稳重。他弯下腰，并用手指轻轻敲打，假装在校对橙色的塑料圆锥的角度。大多数人不能向他提问题，因为他们都没机会接近他。这是有关"大耳朵"最不可思议的一件事。它是一个力量强大的仪器。你可以随心所欲，想把它拿开多远就拿开多远，比如两百码。有了它，即便在这么远的距离，你依然能够听到人们的动静。它能帮你听到窗外的声音，还能听到水泥墙另一边的声音。

开头写得还不错，但随着绑架事件的发生，故事进展的方向却变得模糊不清。我知道我想做什么，但就是做不到。

结构

如前所述，源于记忆的故事可能会是松散的、片段式的。与其选择一连串因果关系清晰的事件，你可能更愿意将生活中彼此联系不太紧密的片段串联起来，并称之为故事。片段间的因果关系不需要太明显，但有时在某种程度上，需要建立这样的关系，否则就不能创作出传统意义上的故事。

故事需要方向。所以即便你拥有“快乐童年的一些场景”，比如你十岁时参加了西瓜派对，或是你在湖中抓到 60 条蓝鳃太阳鱼，或是你在祖母的工具房里偷吻了表妹，但这些只是场景，不能称之为故事。在根据真实生活写故事的时候，必须严格区分哪些是必要的，哪些只是有趣但无关紧要的旁注。

如果你的故事太过片段化，那么你可以考虑一下结构的问题。分析一下怎么合理地把内容衔接在一起。把不同场景和发生的事情列出来，看看它们是否能有所关联。试着用不同的方式安排故事的结构，要灵活。分别写出五个不同的标题、开头、中间结构和结尾。放松自己，第一次表现不好也不要过于自责。

尽管在“大耳朵”的故事里确实发生过绑架的事情，但绑架似乎并非该故事的一部分。它看上去几乎像一个全新的故事，是我在故事临近结尾时增加了一个新人物。而在这之前，这只是发生在彼得和以南为原型的女人之间的一个故事。

此外，草稿的结尾也显得有些愚蠢。这么让人尴尬的结尾，我本该足够聪明，知道不应该在这里提它，但我还是提一下吧。还记得前面我提到的小烟弹吗？在这个版本中，它有专门的用处。

> 他们让他沿着路往高处走，不要离开他们的视线。他们已经

把车停在路边了，旁边不远处是一栋已经倒塌的大楼。大楼只剩下一堆砖块，还有生锈的家具。红色、白色和黄色的大线轴从砖头块中伸出来，格外醒目。彼得走到砖堆的另一侧。从这里，他能看到桑迪和查理的头，但看不见他们的身子。有一个用褪了色的木板盖成的棚屋，一面墙已经烂了，屋里还有更多的线轴，有篝火的痕迹，还有坏掉的课桌。他觉得他可以逃跑。过一会儿，他们也许会大声叫他，也许不说话，那时他就撒腿逃跑。如果他看不见他们了，他也逃跑。他可以沿着路，或者穿过森林跑，尽管他知道这个身材瘦长、看似长跑健将的家伙即便是抽着烟也可以轻松地追上他。

他听到了他们的声音，但不清楚他们在说什么。他多希望身上带着“大耳朵”。但即使听不懂他们说的是什么，他们声音中的痛苦还是清晰地传了过来。他需要理解他们的痛苦吗？痛苦只是他们自己的吗？他永远无法走进吗？耳畔传来干树叶的沙沙声，如同玻璃碎裂时一样刺耳。鼻腔里吸进来的空气有一点点着的香烟的味道。

他听到“砰”的一声，然后桑迪叫道：“哦，我的天！”之后，两人的头便消失在大楼的碎石堆后。

彼得没有逃，反而朝发出声音的方向跑了过去。他绕着砖块和线轴不断地跑，然后停了下来。

查理似乎很震惊。他站在那里，嘴里含着爆炸过的香烟，接着他好像回过神，哭了起来。桑迪站在一边，也是一副若有所思的样子，然后弯下身子，把脸埋入手中。

彼得想知道他该做些什么。他希望香烟爆炸能转移查理的注意，给桑迪创造有利条件。但现在她和查理两人似乎都并不想要什么有利条件。

“我永远不会伤害你。”他说。

“我知道。”她试图安慰他。

彼得后退了一步。他想大声吼：“我刚刚被绑架了！”但他沉默着没吭气，尽最大努力想要弄清楚是什么情况，尽管他知道现在想要完全理解是不可能的。

这时桑迪注意到了彼得。“你个小傻瓜！”她朝他大声吼叫。

她又喊叫着说了什么，但他没弄明白。

“我以为你害怕了。”他心里想，但又不确定究竟是什么地方出了差错。

当他妈妈从亚特兰大回来后，他不会问她有关吉多的事情。他不想知道。如果她问他这个周末过得如何，他会说还行，然后就换个话题，说他想要的圣诞礼物是一个新的钓竿。

彼得站在那里，朝桑迪眨着眼睛，好像他们之间在用失传的代码进行交流。

她向他走近了一步，然后彼得转过身，撒腿跑了。

写完后，我就觉得不是很好。有一些不错的细节，但人物动作有点复杂，对白显得夸张。但完成一份糟糕的草稿总比半途而废要好得多，至少你有事可做。如果连草稿都完不成，你可能会养成不经尝试就放弃的习惯。

改换人称

我决定试一下新的方法。我觉得或许我太过贴近真实事件了，如果换个视角来讲这个故事会如何？比如说，不是男孩的视角，而是一个小女孩？如果我把母亲换成父亲呢？也许他在这个女子学校教书并和他的学生偷情！是的，当然可以这样想啊。我还记得童年的其他一些事情，比如一个来自我们曾经生活过的俄亥俄州雅典镇的邻家小孩。他叫大卫·罗杰·比德尔。我之所以告诉你他的全名，是因为他常常这样叫自己。他有一口浓重的乡音，无论他和你交谈过多少次，他还是常常这样介绍自己："嘿，我叫大卫·罗杰·比德尔。"大卫是个很容易受骗的孩子，无论你说什么，他都会相信。当然，作为一个正处于羽翼长成期的作家，我总是想告诉他很多事情。

之后我还记起了别的事情，这一次是来自哥伦比亚的一家人：过去常常和我一起玩耍的两个女孩，还有她们的传教士父亲与母亲。

如果我把大卫·罗杰·比德尔和他们结合在一起，让他的母亲成为和叙述者的父亲偷情的学生会怎样呢？主要的问题是，我对笔下人物的了解还不够。我只记得一个场景（一个男孩拿着一个"大耳朵"窃听器，却搞不懂大人们在干什么），除了这个男孩之外，我对其他人物几乎什么都不知道。他就是 12 岁的我，尽管不完全像。他是一个夸大后的我。但我还要折腾其他角色。下面就是这次我所想到的：

> "贾斯汀，我叫布比·布雷德利·布德尔。"我开门的时候，布比这样和我打招呼。他口音很重，所以他说的话实际上听起来模糊不清。
>
> 他来我家无数次了，但他就是改不掉这个习惯。无论去哪儿，他都会念出他的全名，似乎他很确定别人一转眼就会把他忘得一干二净。
>
> 布比害羞地笑着对我说："还记得我吗？"
>
> "你是猫王吗？"我问他。
>
> "不是。"他回答。
>
> "你是艾灵顿公爵？"
>
> "不是，"他边说边笑，"我不知道什么艾灵顿公爵。"
>
> "那你走吧。我不认识你。"
>
> "你当然认识我了。"他说，但他这次却没有笑，他看起来很

严肃。“你肯定认识我，”他说，“我叫布比·布雷德利·布德尔。”

“你的中间名是什么来着？”

“布雷德利。”

“哦，现在我认出你了。”说完我就让他进来了。

不错。但是拿“大耳朵”怎么办呢？没办法，我决定把这个版本也放弃掉。好吧，回到绑架的事情。或许我从绑架说起，再换一下人称就管用了。无论如何值得一试。

车里面，乔问安东尼他是否绑架了他们。诺拉穿着她那沉重的跆拳道练武服，系着一根黄色的腰带，眼睛望向车窗外面。在屋里的时候，安东尼甚至连换衣服的机会都不给她。“没有谁绑架谁，”安东尼轻轻地说，“我只是不想让你走。”安东尼在乔面前看起来像是一个善良的人，而不是那些企图或可能伤害别人的人。他告诉乔，他以前的工作是照顾一些智力不太健全的孩子。他说，这个工作有时候让他觉得很有成就感，有时候又让他很难过。

我估计我写不出精彩的绑架故事，我的心不在那里。对我来说，这故事听起来不真实。于是，这就产生了一个有趣的现象：我当时的确被绑架了（尽管很短暂），但绑架与我为了讲故事所想象的许多其他事情相比，反而不够真实。我说它不真实，意思是对我而言不真实。如果我把这个故事告诉别人，也许他们会认为它非常棒。在某种意义上，我们要讨论的并不是事件的真实性，这件事也许是一场很真实的绑架，但这个场景对我的故事来说——尽管我还并不确定这个故事究竟该怎样写——却不像是真的。它与我的故事格格不入，它似乎导致故事偏离核心人物过多，与故事的核心人物彼得相距甚远，所以我不得不舍弃。

保持距离

我说的距离是指把你的草稿放一段时间，直到你可以以清晰的视角和冷静的眼光看待它。不要急着修改。假如你的故事要花上两年或三年来完成，那就给你自己两三年的时间。

这个故事我搁置了一两年。这或许是我做过的最棒的事情。它给了我时间来保持距离。我跟素材的距离太近了，尽管写作时这些素材已离我的真实生活经历很遥远了。

最终，当我准备好的时候，我又回到了贾斯汀和布比·布雷德利·布德尔身上。这一次，我决定把“大耳朵”拿回来，而且明确它是整个故事不可或缺的一部分。

> 现在我是个社会活动积极分子，但我小时候酷爱在聚会时搞恶作剧。
>
> “贾斯汀，等你长大后，”母亲说，“你应该会把吉尼斯世界纪录每个阶段的纪录都打破一下。”她错了。现在，请愿、关注环保和核问题——这些事情才是我日常的工作。但小时候我和我父亲一起生活的半年里，我一直都在胡闹。这要从我在一本喜剧书后面发现的一份广告目录说起。目录上有一张画，画的是一个卡通形象，大脑袋，头发全都竖立，正把一根手指伸进一个电插孔里。其他几个长得和他一样的卡通形象围在他的旁边，笑弯了腰，并用手指着他。广告周围用加粗的黑体字写着“哈哈哈”，旁边用小字写着“大量道具，价格低廉”。
>
> 目录里我真正想要的是“大耳朵”，这是一个电子窃听器。这样一来，我就可以到史蒂芬湖偷听那些躺在毯子上的男女怎么亲热了。
>
> 我父亲不喜欢在史蒂芬斯教书，他常常抱怨这个学校是培养

南方淑女的女子精英学校，里面教的都是马术之类的课。有一次，他要赶去上课，在屋里四处找他乱丢的东西，窜来窜去，动作迅速得像一匹马。

“我的钥匙在哪儿啊?”他大声喊，“拜托，我高贵的战马，要不然上课会迟到的。”他嘴里嘚嘚作声，同时做了个抖缰绳的手势。

我指着“大耳朵”广告对他说：“你能买一个这样的东西给我当作生日礼物吗?”

父亲弯下腰说：“我看看吧，贾斯汀。”

他把我丢在一旁，开始在橱柜里翻找，那里堆了很多纸。他在纸里翻找，手在纸张表面一一摸索过去，就像矿工在溪流中淘金一样。“我不能不带钥匙，”他最后说，“你看到我的钥匙了吗?”

“你老是丢钥匙，”我说，“我该给你弄一个电子钥匙追踪器。广告目录上有这个。钥匙丢的时候，就会有一个小的蜂鸣器帮你找到钥匙。”

这么写还不错，但这个版本也不够好，所以我又回到绑架的事情上。最终，我实在厌倦了不断地改来改去，所以我看着写下的故事，眼光和思想都沉到谷底。我讲了几个故事了？数了一下，大概有六个。

讲好一个故事

我最终意识到，我需要做的就是丢弃所有多余的记忆，讲好一个故事，而不是失败地讲六个故事。所以，我把绑架舍弃了。我回到男叙述者，我舍弃了布比·布雷德利·布德尔。我集中写“大耳朵”、主人公和他母亲的关系以及根据南改编的人物。故事的开头和最初的开头一样，但这次我焦点很明确。而且到了最后，这个故事实现了我想要的一切。彼得作为我笔下的主人公，基本上都是在倾听他人的痛苦。他母亲身陷婚外情，但是两人却分隔两地，感情也没有出路。和彼得待在一起的是一个比他的母亲更加强大的女人。故事的最后，彼得终于对自己听来的一切有了一些领悟。从某种程度上说，故事比最初的设想更小了，但我觉得更成功了。结尾虽然没有很惊人，但更现实。我把绑架换成了我记得的另一个故事，这个故事是我上大学时一个女人讲给我听的，是关于某个人被抛弃在欧洲的事情。

顺便说一下，桑迪说的几句话是某天我写故事时一位朋友对我说的。“我的一生都和杀人犯有牵扯不清的关系。这种关系吸引人的地方就是这种痛苦。”当我这位朋友对我说这句话的时候，我满怀同情地点了点头，然后我问，我是否可以借用这句话。整个“大耳朵”的故事贯穿的主题就是痛苦——人与人的关系中的痛苦。

要把刀磨得锋利

修改没有定法。这其实是一个尝试和犯错的问题。有了源于生活的素材，人们常常把能想象的一切东西写进去，并把所写的一切都视为对故事非常重要的内容，而原因只是“的确发生过”。对作为作者的你来说，你记得的事件之间的联系是不清楚的：它们彼此有关联，是因为它们发生在了你身上。但这并不代表其他人在读故事时也有这种感觉，对其他人而言，事情曾发生在你身上并不重要。要写小说，你就必须学会对你的作品和生活残忍一点。许多时候，当你把作品拿给其他人看时，他们要么是没有花足够的时间看你的作品，所以没办法提出真正有用的建议，要么就是根本不知道怎么建议你如何修改。所以你必须靠自己的本能，要成为自己最有力的批评家。

练习

1. 数一下在你的作品中，特别是那些你一直写得不顺手、找不到焦点的作品中，有多少字是在描写那些从你真实生活而来的内容？现在把整个故事缩短一半，然后再缩短一半，剩下的就是整篇故事的核心，这时你就能看得更清楚了。

2. 如果你写的故事缺乏核心，如果这个故事一会儿是某个情景，一会儿又切换到另一个情景，那么就不妨换一下人称。要让这个故事摆脱你的生活。

3. 尝试用不同的体裁描写一个基于你生活的场景。尝试换成科幻小说体裁，再换成惊悚小说、恐怖故事和喜剧。

4. 用两页纸来描述你现在居住的地方，城市、乡镇或者邻近社区都可以，要做到就好像你要用这个地方作为小说的发生地一样。努力把这个地方如今的样子写得生动形象。接下来，到当地图书馆研究这个地方，或者到当地的历史协会，或是采访久居此地的居民。然后重新描述，用研究获得的事实、细节、奇闻、逸事丰富你的描述。

5. 到图书馆找 50 年前的报纸。从头到尾仔细看，然后用这份报纸作为 50 年前这一天情景设置的指导。大部分标题都不用管，要看那些小故事和广告，用广告来烘托你笔下的人物。用分类广告、电影预告或者连环画给这些人物提供讨论的话题。

第八章 法律与伦理问题

最近，一位女士找到我，说有一个故事她一定要告诉我，“非讲不可”。其实，这并不是她的故事，而是她的一位女性朋友的。那位朋友并不知道她会把这个故事公之于众。如果知道的话，那位朋友也许会很生气。换句话说，这个故事并不真的需要被讲出来。事实上，也没有哪个故事一定需要被讲出来。故事并不是具体的东西，你不能像把婴儿从医院带回家那样把故事带回家，将它慢慢培养壮大，然后把它推送出去，让全世界都知晓它。故事依赖于它的讲述者。这位其故事“非讲不可”的朋友并不知道她的故事需要被讲出来，也许故事的讲与被讲对她来说都无所谓，也许只有当认识她的人把故事与她本人对应起来，多多少少造成一些尴尬的时候，她才会在乎。对于她，这已不仅仅是一个故事了，而是一段人生。

我问那位女士，为什么她朋友的故事非讲不可。她回答道：“因为她快要死了。”这并不能算作真正的原因，因为事实上我们每个人都将死去。“是关于青少年暴力的，”她继续说，“这很重要，因为现在这种事这么多。”我问她是否要把故事改编成虚构类作品，或者是不是写成纪实类作品更合适。她对虚构类作品一窍不通，但还是想把它改编成虚构类作品，因为她想把故事伪装一下，这样朋友就不能“举证”了。

这些都是棘手的问题，但很多是源于个人的伦理意识的。一方面，你不能为聚会上所讲的故事、私底下透露的秘密或其他的任何人生经历获得版权。另一方面，你必须要顾及别人的感受，必须要意识到你所写的东西可能会在不经意间伤害亲情、毁掉友谊。

在这里，“无心之过”一词很重要，因为一些人脸皮太薄，而且不知道到底什么叫小说。也许，你的妈妈在你写的每个故事中都能看到她自己。你写的故事里有一个故事有这样的情节：妈妈扇了孩子一个耳光。你的妈妈读到这里，顿时暴跳如雷，“我从来没扇过你!”

“这不是写你的，”你解释道，“这是小说。”过了一小会儿，她的女高音又在你耳边响起：“我还不知道原来你在高中的时候就开始吸烟了，你这小兔崽子！”“妈，我并没有啊，这只是我编的故事。”有时候，你很直接地写你的朋友或亲人的故事，但他们根本就没意识到。但这也没什么可以庆幸的。你可能觉得你的伊梅尔达阿姨又贪婪又小气，但她觉得自己是最慷慨大方的人。那么到底你们谁是对的？也许你才是那个贪婪小气的人，只是你把缺点投射到伊梅尔达阿姨身上了。无论如何，伊梅尔达阿姨读了你的故事，而且认为这是难得一见的好作品。她为你的创作感到自豪，还说要向她的朋友们好好夸夸你。那么此时此刻，你有没有感到一丝愧疚呢？

免责声明

“本故事纯属虚构。如有雷同，纯属巧合。”在小说的开头部分，常有这样的免责声明。但这并没什么用。从法律意义上来说，免责声明并不能保护你免受法律起诉，或者为你提供脱罪辩护。如果有人认为你的人物塑造并非真是巧合，并打算以诽谤或侵犯隐私的名义起诉你，那么这些免责声明并不能使你免责。直白地讲，从创作意义上来说，雷同不可能是巧合。每一个作家都是在现实生活中的人物基础上创作角色的，甚至还有一本关于小说角色原型的百科全书《原型：小说人物来源全解》（*The Originals：An A-Z of Fiction's Real-Life Characters*），由威廉·阿莫斯（William Amos）编著。这本书按小说中的姓氏字母顺序，列举了很多小说人物在真实生活中的原型。例如，在“M”条目下你会发现，马普尔小姐（Miss Marple）这个角色至少是部分地基于阿加莎·克里斯蒂（Agatha Christie）的祖母。在“T”条目下你会发现，作家 W. 萨默塞特·毛姆（W. Somerset Maugham）的《刀锋》（*The Razor's Edge*）中的艾略特·坦普尔顿

(Elliott Templeton)的原型是“薯条”亨利·加农先生(Sir Henry Channon)[1]，一个芝加哥商人的儿子，他想变得比英国人还英国人。

即使有些角色并非来源于现实生活中的某个人，也很少有角色是凭空创作出来的。就像我之前提到的，一个角色常常融合了我们现实生活中几个人的特点。甚至连毛姆的朋友“薯条”也有混合体的特征。很明显，“薯条”想要毛姆把他刻画成坦普尔顿，但毛姆赋予了他更多。“薯条”解释道：“他(毛姆)将我分成了三个人，并且将这三个人写进了同一本书里。”我觉得这样反而说明“薯条”不是一个混合体，而是一个分裂体，一个真实的人物分裂成三个角色——一个三棱镜?

即使这样，免责声明仍然是商业策略的一部分，有时会演变成一种艺术形式。弗雷德里克·埃克斯利(Frederick Exley)在他的《球迷笔记》(*Fan's Notes*)中，就把免责声明变成了一门艺术。

> 虽然书中的一些事件与我长期萎靡不振的生活中的事件相似，但书中很多角色和事件都纯粹是想象的产物。在这种情况下，小说内容若与现实中的人或事有雷同，则纯属巧合，本人不承担任何责任。例如，“佩欣丝”在小说中被刻画成“我的妻子”。这个角色是虚构的，并不和任何一个在世或者已去世的人相似。为了创作这个角色，我发挥了自己的想象力，并粗略地遵循了我过去的生活模式。为此，我请求大家把我当作幻想小说家看待。

海明威的《有钱人和没钱人》(*To Have and Have Not*)一书也巧妙地使用了免责声明。

---

① 亨利·加农是英国的政治家和作家。在美国牛津镇读书时，他的舍友外号是“鱼”，他因此得到一个外号“薯条”。鱼与薯条是著名的英国特色早餐。

> 鉴于最近有读者在阅读小说时有对号入座的倾向，在此作者有一个恰当而温馨的提醒：本书中的人物并非真人，无论人物还是姓名，都是虚构的。如有雷同，纯属巧合。

海明威真忸怩作态。他创作的角色有很多都基于真实的人物，包括其塑造的讨人厌的约翰·多斯·帕索斯和他的妻子凯蒂·史密斯·多斯·帕索斯——真的很讨人厌，导致《时尚先生》的出版商阿诺德·金里奇强烈要求海明威把这些有诽谤嫌疑的段落删除。金里奇称，这些人物塑造得太明显、太恶毒了，很容易引来法律诉讼。

在文中，海明威把约翰·多斯·帕索斯塑造成一个伪君子，他装得很正直，利用在朋友中建立的良好口碑到处借钱，而且压根儿就没打算还。"这像一个信托基金。"书中一个角色对另一个角色说。凯蒂·史密斯·多斯·帕索斯就被塑造得更坏了。她被刻画成一个盗窃狂，喜欢偷钱，而且越偷越上瘾。

据《现代文学学报》（*The Journal of Modern Literature*）的罗伯特·E. 弗莱明（Robert E. Fleming）所说，海明威听取了金里奇的建议，把这些有攻击性的段落从手稿中删除了。他甚至改动了基于约翰·多斯·帕索斯的人物角色设定，把他描述成一个俊朗的人，而事实上，他是一个骨瘦如柴、戴着啤酒瓶底眼镜的秃顶男人，这与海明威小说中男性角色的完美设定相去甚远。（弗莱明指出，海明威删除这些段落有可能只是出于艺术角度，而非担心被起诉诽谤罪。）海明威曾倾向于使用文字对以前的朋友进行猛烈攻击，但他从没想过要出版。例如在《艾丽斯·海明威自传》（*The Autobiography of Alice B. Hemingway*）中，他对格特鲁德·斯泰因进行了言语攻击。究竟是什么促使海明威讽刺约翰·多斯·帕索斯？在古巴没怎么钓着鱼？生活不顺？都不是，很显然海明威是众多借钱给约翰·多斯·帕索斯的倒霉债主中的一个。1933 年，当约翰·多斯·帕索斯从风湿病中逐步康复时，海明威借给了他一千美元。约翰·多斯·帕索斯在难以被金钱收买方面其实有很好的名声，他不跟风，他批判 J. P. 摩根和威廉·伦道夫·赫斯特所把控的金融界。据海明威说，“不论你怎么逼迫，约翰·多斯·帕索斯也不会改变观点，一个标点也不会改。你就是把他五马分尸，你得到的也只能是他不住嘴的咒骂。”弗莱明说，海明威认为，对约翰·多斯·帕索斯的诚信进行攻击，是给自己旧友最致命的一击。

写得漂亮就是最好的报复

海明威并不是唯一通过小说进行报复的作家。也许这个写别人的理由算不上高尚，但几乎每个作家都这样做过。在《心痛》（*Heartburn*）一书中，诺拉·依弗朗（Nora Ephron）狠狠报复了她的前夫卡尔·伯恩斯坦。也许报复并不是她的初衷，但她对于前夫的描述是毫不留情的，以至于引起了他的愤怒。这也许就是最普遍的报复方式，把前任放进一个坏人角色中。但是这种人物塑造往往让出版商畏缩不前，因为它很可能招来法律诉讼。即使你的动机并非报复，但在小说中诋毁前任也不是明智之举，特别是当你在他/她心目中的地位不怎么高时。

在小说《消逝》（*Disappearing Acts*）中，特里·麦克米伦（Terry McMillan）以前男友为原型创作了一个角色，这个举动真的给她引来了一场诉讼。在该小说中，她赋予了角色和她前男友一样的职业、一样的教育程度，他们甚至吃同一种早餐麦片。但是小说角色还酗酒、嗑药、打女人。这样的人物描述激怒了她的前男友莱纳德·韦尔奇。他起诉特里·麦克米伦，索赔 500 万美元。法官驳回了此案。根据《华尔街日报》的报道，法官斯波代克在判决书中写道：“一个正常的读者不会把这个角色（富兰克林·斯威夫特）不名誉的行为归结到韦尔奇先生身上。小说中的这个男人是一个懒惰且情绪失常的酒鬼，他嗑药，有时还打女人，而莱纳德·韦尔奇完全没有以上特征。”

另一个明显的报复案例就是 1993 年斯普林格与维京出版社之间的诉讼。罗伯特·泰恩（Robert Tine）在大学时期的女朋友丽莎·斯普林格称，该书作者在其小说里增加的丽莎·布莱克这个人物，就是为了报复他们当年的分手。丽莎·布莱克确实和斯普林格很相似，住址、爱好、度假方式，甚至是所戴的珠宝都很相似。唯一不同的是，丽莎·布莱克被写成了一个高价应召女郎。

也许就泰恩而言，这样做缺乏风度，而且显得幼稚，但是和麦克米伦的案件一样，法院认为，认识斯普林格的人也不会真的认为她是一个应召女郎。

虽然小说家们在这些案例中胜诉了，但你最好还是不要把前任一股脑儿地搬进小说，以免把事情弄糟。你可以做一些其他更能激怒他们的事情，比如帮他/她报个名，参加所有火柴盒上印着的那些飞行技工学校的课程。

当然，我并不是不屑于这种小小的报复。在小说《最后的斯蒂庞克》中，我把一些我不喜欢的人的名字放在了墓碑上。这样做除了说他们已经去世了之外，没有其他要诋毁他们的意思。我在同一本小说中也对一家餐厅进行了小小的报复。在那家餐厅里，我妻子点了炸鱼和薯条，但端上来时发现竟然没有薯条。我把当时场景中的荒谬对话直接搬进了小说，包括经理的辩驳：“我们指的不是炸鱼和薯条，而是炸鱼切成薯条状。”是的，有人说过那句话。所以，我不赞成在印刷品里报复前任们。我会报复一些服务不好的餐厅或银行，或者其他一些变本加厉地让现代生活更加纷纷扰扰的东西。即使这样，对于这些惹人讨厌的机构，还是换一个名字或地点比较明智。

来告我!

如此看来，如果我们要写别人，好像总是要担心会不会因诽谤罪而被起诉，但其实并非如此。在法官判决后，麦克米伦说："每个作家都从他自己的生活中提取东西，但会改写这些东西。我希望这个判决也能给其他作家一颗定心丸，继续做他们要做的事情。"这个案件被视为作家和出版商的一个重大胜利，因为这个案例涉及的是书中的主角，而不是以往案件中的配角。

对小说家来说，这种诉讼会陷入一个类似于"第二十二条军规"的逻辑陷阱。从对麦克米伦案件的判决逻辑来看，该指控显然站不住脚，因为那个小说人物很明显是虚构的。另一方面，如果韦尔奇真的是一个打老婆的瘾君子，那么作者谴责的内容就是真的，这样一来，该指控又是毫无意义的了，因为谴责的内容是真的，不构成诽谤。

你几乎能因为任何事情被起诉，但这并不意味着官司会严重到开庭那一步。比如你的母亲起诉你，原因是你在小说中塑造的那个掌掴孩子的妈妈是以她为原型的，然后你的律师辩护道："这就是为什么这是小说。每个认识你的人都清楚你从不打小孩。"这么一来，你的母亲就撤回了诉讼，因为她毕竟是你的母亲。

根据欧文·考夫曼法官在《纽约时报》发表的一篇文章，用以上逻辑陷阱的相反逻辑来思考问题，事情可能会——或已经——向另一个方向发展。原告展示了小说或短篇故事中的人物与他自己的相似点，然后再展示一些有偏差的地方作为证据来证明人物描写是失实的。

1979 年，格温·戴维斯（Gwen Davis）以一个裸体交心心理治疗团体为原型创作了一本小说。她与团体的负责人、心理学家保罗·

宾迪曼签署了协议，内容是她不能写关于这个团体的事情，而她也并没有写。她只是改编成了小说。在小说中，治疗团体的负责人被描述成一个“像圣诞老人的人，胖胖的，留着长长的白发和鬓角，长着一张红润的娃娃脸，两只手臂也是红润的”。而实际上，宾迪曼是短头发，脸刮得干干净净。

宾迪曼起诉了格温·戴维斯，称她扭曲了他的团体所进行的活动。宾迪曼胜诉，而且上诉法庭维持了原判。大部分法官找到了“压倒性的证据，证明原告和赫福德（小说中对应人物的名字）就是同一个人”。但是，唯一持异议的法官在其意见中指出：“除了实施裸体交心心理治疗，虚构的角色赫福德先生并不具备原告的特征。”此次判决开创了一个荒唐的先例。正如考夫曼法官在《纽约时报》的那篇文章中说的：这个案例可以归纳为一句话，“当你批判我的职业时，你就是在诽谤我”。

宾迪曼从戴维斯和双日出版集团那里获得了 75 000 美元的赔偿金。虽然以现在的标准看，这并不是一笔可观的赔偿，但当时却震惊了整个出版行业。因为这个判决，出版商们以高姿态回应，把作家召集起来签署合同。合同中添加了所谓的“赔偿豁免”，其基本内容是“如果你被起诉了，请自行承担后果”。出版商这么要求，一半是出于自我保护，另一半是出于懦弱。但这些赔偿豁免条款不能保证出版商免受起诉，只是在针对作者的诉讼中让出版商免责。而诉讼当事人知道可以获得一大笔赔偿，所以通常会既起诉作者，又起诉出版商。

今天，大部分出版商都购买了诽谤险，而且会站在作者这一边，前提是你在出书前向他们披露了所有有诽谤嫌疑的内容。这很重要。如果你有书准备出版，你必须告知出版商，书中的哪些人物是以现实生活中的人为原型的。这样出版商的律师便能提前做好功课，应对任何可能出现的诽谤诉讼。如果你有疑虑，那么最好和盘托出。最终，这样的做法会帮到你。

在一个类似的案件中，安德森医生起诉西尔维亚·普拉斯的《钟形罩》一书的电影版。她和普拉斯在同一家精神病院接受治疗，她声称自己就是角色琼·吉尔林，一个自杀的女同性恋的原型。在法庭上，原告方辩解说，安德森从未对普拉斯进行过性挑逗，“我也从没有过自杀行为，我的胸部也没有伤疤。我绝对没有自缢过。”最后一句是一个假定。辩护方其实也在论辩同一点：你现在是活着的，你在这儿，在法庭上，所以那个角色是虚构的。

这个案件最终庭外和解了。没人知道谁赢了，或者它创下了什么先例，但是双方和解了，这在情理之中。这种诉讼的费用高得离谱，最后只能是两败俱伤。

也许最荒唐的文字诽谤案件要数 1982 年的一个案件，前怀俄明小姐因为《阁楼》（*Penthouse*）杂志中的一个故事起诉那个短篇小说作者。该短篇小说中有一个虚构的怀俄明小姐，她喜欢各种各样滑稽的性行为。关于这个女主人公的描述十分具有典型性，金发碧眼，曾是韵律体操运动员。巧合的是，真正的前怀俄明小姐也是如此，然后她就起诉了。结果她胜诉了，获赔 2 800 美元。但是该案件被联邦上诉法院推翻，判定这些性越轨行为太离奇了，没有人会认为一个真实的人（即使是前怀俄明小姐本人）会做出这些行为。

所以，又回到了我们的逻辑陷阱。

再近一段时间，1996 年，达莉亚·卡特-克拉克，一个哈莱姆区的图书馆管理员，控告《三原色》（*Primary Colors*）的作者乔·克莱因（Joe Klein）诽谤。在该小说中，原型为克林顿的总统候选人视察了哈莱姆区的一个成人扫盲项目，并且与项目图书管理员上了床。卡特-克拉克强烈指责，认为这是诽谤。与书中的人物相似，卡特-克拉克也在哈莱姆区运营一个成人扫盲项目，当时的总统候选人比尔·克林顿也确实视察过她的项目。但不同的是，她并没有和总统候选人上过床。最终，该控告被以通常的理由驳回了，法官判决如下：不能用非虚构文学的标准来要求虚构文学，认识卡特-克拉克的人并不会把书中虚构的图书管理员的行为套在卡特-克拉克身上。但是，话又说回来，基本上每个人都会把小说虚构的杰克·史坦顿的行为套在现实生活中的克林顿身上。这就是那本书的魅力所在。所以，为什么人们不会认为卡特-克拉克真的和克林顿上过床？好险，子弹与克莱因擦肩而过。

《十七岁》（*Seventeen*）杂志的编辑们可就没这么幸运了。1991年，作为杂志社的“小说新音”活动的一部分，他们出版了露西·洛格斯登（Lucy Logsdon）的一篇小说。露西·洛格斯登生活在伊利诺伊州南部，该小说的主人公是一个高中生，这个学生提到了另一个名叫布赖森的学生，说布赖森是个“荡妇”。很不幸，同样来自伊利诺伊州南部的金巴利·布赖森觉得故事中浪荡的布赖森就是自己，因此认为被诽谤了。她起诉洛格斯登，两个地方法院均认为这只是一个虚构人物发表的对另一个虚构人物的观点而已。这听上去合乎情理，但是州级最高法院不认同，推翻了地方法院的判决。州法院以一票反对通过决议，认为这个地点和这个“不寻常”的名字导致人们在遇到布赖森的时候，可能会指着她说：“噢，原来你就是《十七岁》里的那个荡妇！”这是一个令人心寒的裁决，特别是布赖森这个名字并没有不寻常——如果洛格斯登使用了一个真正不寻常的名字，比如Mxyzptlk，那么所有的争执和不快就不会发生。但如果真是那样的话，她又可能被Mxyzptlk先生起诉。Mxyzptlk是五次元中的捣蛋鬼，他用毕生精力与超人对着干。我的意思是说，如果作家可以因为一个虚构人物而被起诉，那么紧接着的就是虚构人物都将参与到这场大战中，并且也要起诉针对他们的人物描述了。所以，还是悠着点吧。

丑话已经说在前面了，现在我来说说漂亮话吧。小说作者被起诉是很少见的。当他们被起诉时，法院很少会支持原告。进一步来说，大部分法院不会遵循格温·戴维斯案件的判决，而会遵循乔·克莱因案件。但作为司法先例，布赖森案件比克莱因案件出现得晚得多。虽然《十七岁》中的那个故事要比《三原色》出版得早，但官司拖了很久，直到最近才解决。无论如何，为自己做诽谤脱罪辩护所需的金钱和情感成本都很高，所以在这方面抱着无所谓的态度可不是明智之举。

《美联社写作风格指南及文字诽谤手册》（*The Associated Press Stylebook and Libel Manual*）把诽谤定义为“对声誉的损害”。那小说中的诽谤又是怎么一回事呢？根据考夫曼法官的意见，指控要满足一定条件：“所参照的文本必须清晰地与原告相关，或涉及原告。所做指控不能仅仅是原告的个人观点。”换句话说，如果仅仅是因为你创作的人物指向安·科尔特，也是一个新法西斯主义式的书呆子，你的角色和科尔特一样总是昂着头，背着帆布包，如果仅仅是这样，那么她就无权起诉。最后，这种冒犯“必须要有蓄意的恶意”。根据手册，“蓄意”的法律含义是，你明知某件事情是错的，但还是“疏忽”地出版了。

然而与公众人物不同，如果原告是普通公民，则并不需要在法庭中证明被告的蓄意。他们只需要证明过失即可，即意味着作者在将某事作为事实发表之前，没有按照要求努力确认信息是否与事实吻合。作为通则，要胜诉一场诽谤官司，人物身份越具有公众性，必须提供的证据也就越多。当然，这条通则遵循的是言论自由。信息越公开，《宪法第一修正案》对它的保护力度就越大。所以，同样是起诉你在最新的小说中诽谤他/她，相比于你的前老板，安·科尔特需要收集更强有力的证据证明你是蓄意为之。

所以当我们用真实的人物作为原型的时候，我们多多少少要谨慎。把现实生活中的人虚构成小说中的人物并不能自动地保护自己免于诽谤起诉。此外，这些司法先例多多少少有些模棱两可、自相矛盾之处。虽然就像之前谈到的，越来越多的针对小说作者的控告最终都被驳回了，但辩护的诉讼费高得惊人，所以第一要务还是尽可能地避免被起诉。

对你来说，最好的辩护就是有角色原型的书面同意书。以下是你需要考虑的其他方面：

1. 你所创造的这个角色，其原型是不是容易被人认出？

2. 你是否把这个角色刻画得很讨人厌？

3. 你是否想报复这个人？

4. 真人到角色的变化是否仅是表面的变化？

5. 你是否忘记告知出版社或编辑书中可能有的诽谤素材？

如果对于以上任何一个问题，你的答案都是肯定的，那么你必须修改素材。安全起见，尽量修改角色，能改多少是多少。改变性别或地点，使用综合角色。宁愿保守过头，也好过日后被人起诉。

对记者来说，唯一绝对能够为诽谤脱罪的辩护就是，所陈述的事实能被证明是真实的。而对小说作者来说，如果要说其笔下的某个角色有诽谤性，那么该角色“必须清晰地与原告相关，或涉及原告”。这与记者的辩护相反。小说作者需要证明它显然不是真的，它是小说。

真名

许多作家都犯过错误，在故事或小说里使用别人的真实姓名。一些作家甚至故意这么做。在20世纪70年代，约翰·欧文（John Irving）是爱荷华州写作工坊的一名访问作家。他有一个学生，叫珍妮·菲尔兹。故事是这样的，欧文想在他的新书《盖普眼中的世界》（*The World according to Garp*）中使用她的名字。显然，菲尔兹对这件事感到不快，然后跑去向一位终身教授诉苦。教授对她说："在这件事上你无能为力。"名字是公平游戏，只要你不用真人的话。

如果珍妮·菲尔兹能证明欧文所创作的角色的原型就是她，并且该小说公开披露了她私生活的一些真相，她可以尽力阻止该书的出版。如果她能证明她的声誉因为这个角色受到了损害，或者如前所述该小说公开披露了她的私生活，她可以打官司。但欧文只是将书里的角色以菲尔兹的名字命名，除此之外，两者并无交集，所以最终菲尔兹并没有进行法律诉讼。大部分关于使用某人名字的诉讼案件涉及未经许可使用一些名人的名字来销售产品。比如你在销售迈克尔·乔丹糖果条，但未经他的许可，他就可以告你。而作家，只有在小说中描写了使用某个名字的具体个人时，才需要担心名字挪用诉讼。

麦迪逊·斯马特·贝尔（*Madison Smartt Bell*）曾在小说中无意地使用真人和真名。在他出版第一本小说《华盛顿广场合奏》（*The Washington Square Ensemble*）时，诽谤险还是新鲜事。他和律师把整本书筛查了一遍，要多仔细有多仔细。"我把那些非常非常细小的细节都向律师解释了一遍。我们修改了一些地方，例如酒吧名称等。那天晚上我去了 54 号录音室①，那是我生平第一次去，是朋友带我去的。我走进男厕时，迎面走出一个家伙，穿着一件无尾晚礼服。因为工作的关系，我认识他，他对我灿烂一笑。之前我已经有一年半没见过他了。在我的小说中，他是一个不怀好意的人，名字也和他的真名一样。我已经忘记原来他在现实生活中是存在的。他说不上是我的朋友，现在他却变成了我小说里的一个混蛋。在这次有点奇怪并且尴

① 当时迪斯科舞曲的风向标，出品大量有影响力的舞曲。

尬的偶遇后，我马上找到出版商，告诉他这个疏忽大意的地方。其实，这个角色只是在第一章节跑龙套而已。最终，我还是删掉了这个角色，他并没有出现在最终版里。不管怎样，作家都有自欺欺人的本领。”

此话不假。有时候，可能听起来很奇怪，你差不多会忘记你的想象与真实人物的区别。你忘记了那些真实存在的人其实并不是你虚构出来的，他们本来就在那儿。我知道这听起来或许挺可怕，甚至有点唯我论，但当你半天的时间都活在自己的世界里时，这种想法也就自然而然地形成了。所以如果你不加注意，上面的事情就很容易发生。奥斯卡·海杰罗斯（Oscar Hijuelos）在写作普利策获奖作品《曼波之王的情歌》（*The Mambo Kings Play Songs of Love*）时就遇到了类似的事。他使用了“光芒四射的格洛里亚·派克和她的全女生伦巴乐队”这个名字。虽然我没跟海杰罗斯先生聊过天，但我知道他为什么这样做——因为这个名字好。有谁能想到这样的一个乐队名字呀？这仅仅是我的推测，但他很可能根本不知道她住在哪儿，甚至不知道她是否还在世，或者就像贝尔一样，他忘记了光芒四射的格洛里亚·派克是个真实的人了。

当真实的光芒四射的格洛里亚·派克看到她的名字和她前乐队的名字出现在海杰罗斯的书中时，她很生气，并起诉他，索赔 1 500 万美元的名誉损失费。我很喜欢书中这些所谓有诽谤嫌疑的段落，曼波之王“让三个演奏家与光芒四射的格洛里亚·派克和她的全女生伦巴乐队一起演奏，其中有一个是立陶宛的长号手，名叫格蒂”。在另一个地方，海杰罗斯称，“格洛里亚趴在桌上，灌着台克利酒”，然后对曼波之王说，“来呀，大笨蛋，为什么不亲我呢？”

但光芒四射的格洛里亚可不觉得好玩。她表示因为自己成了一本肮脏的书中的角色，现在接不到演出邀请了。她还说自己非常自律，从不抽烟喝酒。显然，她不是那个诱惑大笨蛋亲吻自己的女孩。

法官驳回了该控告，写道："普通读者不会认为这两个段落具有诽谤性。"

很多作家，包括我自己和我的一些朋友们，偶尔会在小说或故事里使用朋友的名字。这种客串角色的塑造其实就是作者和朋友互娱互乐。这些角色通常不重要，有时是背景式的。在《最后的斯蒂庞克》中，我把我的朋友尤莱克·波兰斯基设定为遗产执行人。大卫·施尔兹经常把我放到他的书中，作为未出场的编辑或其他令人讨厌的角色。

有时作家会从电话簿里寻找名字。这并没有错，如果这样你都被告了，那只能说明你运气真的不好。比如说，你看到特拉维斯·布维这个名字，你并不认识他，你们不曾相识，你就是单纯喜欢这个名字。所以你不知道他长啥样，你也不可能蓄意诽谤他。如果你把一个角色命名为约翰·史密斯，让他把薯饼塞进耳朵里，难道世界上所有的约翰·史密斯都会因为这个来告你吗？

公众人物

一些作家在书中使用公众人物。公众人物就是那些活在镁光灯下的人：明星、政治家、音乐家等，也包括一些因新闻报道出了名的普通人。这里，我们需要谈谈隐私法。根据《美联社写作风格指南及文字诽谤手册》，当一个人被牵涉进新闻事件中，无论其自愿与否，他都已丧失了隐私权。"同样，一个人以某种方式涉入合法的公共利益事件中，哪怕不是真实的……在新闻报道中写他/她也是安全的。然而，进行故事、小说的写作与出版属于不同的情形……挖掘一个人过往的卑鄙事情，对今天来说，没有新闻价值。"例如，《美联社写作风格指南及文字诽谤手册》里提到一个案例，一个妓女因谋杀罪受审，被无罪释放，然后结了婚，开始了幸福的生活。直到有一天，一部电影上映了。电影用了她的真名，并在海报中说该电影改编自一个真实的故事。于是，她的平静生活被打破了，这就侵犯了她的隐私权。

当然，如果我们没有《宪法第一修正案》赋予我们的权利，我们就不能将政客、演员从公众中区分出来，特别对待，那么讽刺也就几乎难以存继了。现在，讽刺属于公正评判的范畴，只是一种意见表达形式。这并不意味着公众人物就不会起诉。但事实上，他们很少告《国家询问报》（*National Enquirer*）这种八卦媒体。尽管如此，如果你被丽兹·泰勒或迈克尔·杰克逊起诉了，因为你在书中给他/她虚构了一个私生子，麦考利·卡尔金，噢，那么好运来了。想一下曝光率。你的书很有可能因此成为畅销书。好事成双的是，怎么样你都能胜诉。不费吹灰之力。如果你还是担心的话，那就把名字改了吧，像乔伊斯·卡罗尔·奥茨（Joyce Carol Oates）在《黑水》（*Black Water*）中那样做。那本书毫无疑问是关于泰德·肯尼迪参议员和查帕奎迪克岛上发生的车祸惨剧的。但是奥茨修改了名字和时间段（很可能是出于艺术原因，如果不是，则为司法原因）。所以在小说中，肯尼迪化身为“参议员”，玛丽·乔·科佩奇尼化身为“凯莉”。读者在阅读时，肯定会联想到查帕奎迪克事件，但他们读的不是该事件的文字记录，而是文学作品。

另一方面，我们看看罗伯特·库弗（Robert Coover）的《公众的怒火》（*The Public Burning*）这个例子。这本荒诞滑稽的书部分以理查德·尼克松的口吻叙述，主要讲的是朱利叶斯和埃塞尔·罗森堡案件的定罪和处决。在库弗重新讲述的这段美国历史中，尼克松去监狱探望了埃塞尔·罗森堡，并爱上了她。他们在牢房里做爱，但中途被打断了，然后发现激情难续。然而，在尼克松光着下半身的时候，埃塞尔用口红在他的屁股上潦草地涂上了“我是骗子”几个字，而尼克松对此毫不知情。在库弗的叙述中，埃塞尔在时代广场被处决。在进行处决时，尼克松走上刑台，脱下裤子，露出了当时埃塞尔在他屁股上写的这几个字，引起台下骚动。

唉，在复述时，有些信息缺失了，不是吗？尼克松对此书感到不悦，其律师几乎可以在该书出版之前就让它销声匿迹。无论如何，他们推迟了该书的出版，并且毫无疑问，让库弗的日子也不好过。

关于小说家写公众人物，没什么能保万全。就算你可能会打赢一场公众人物起诉你的官司，你也未必能睡得香。你需要支出相关的法律费用，内心的平静也被打破了。如果你可以在不破坏小说完整性的前提下把这样的人物伪装一下，那才更为恰当。如果你非要在小说中使用真名，那么你可要应对任何可能性。正如我所说，小说家很少被起诉，即使被起诉，正如针对奥斯卡·海杰罗斯的案件那样，那些诉讼也往往缺乏坚实的法律基础。当然，争议对一本书造成不了什么伤害，但可能会对你个人造成伤害。再说一次，经验法则就是：能改则改，但凡有疑虑，与出版商商议。

历史记载

很多小说是以历史为背景的。例如，在小说《天秤座》（*Libra*）中，唐·德里罗（Don De Lillo）在构思肯尼迪遇刺案这个情节时，随心所欲地将事实和虚构混搭。从角色李·哈维·奥斯瓦尔德到虚构的中情局工作人员，他都是这么做的。托马斯·肯尼利（Thomas Keneally）的《辛德勒的名单》（*Schindler's List*）也是如此。该小说和之后的电影都改编自一个德国实业家的生平故事，他想方设法把犹太人从集中营的毒气室里救出来。当然，这些书所具备的共同特点就是故事的主人公要么已经去世，要么是虚构的。

如果你写的人已经去世，你也不能完全放松警惕，特别是在那个人才刚刚过世的时候。要知道，他的继承人可能很想起诉你诽谤。我认识一位女士，不久前，她决定写一篇有关美国北卡罗来纳州高度曝光的一起谋杀案的纪实作品。她联系了还在人世的当事人以及他们的家属。他们威胁她不要写，如果非写不可的话，就要起诉她。因为这本身就是一段有关历史的纪实叙述，这样的诉讼也许毫无意义，但她还是被吓到了。该诉讼的切入点最应该是隐私权，因为该谋杀案已不再具备新闻价值。

所以她决定把纪实叙述转为虚构的谋杀谜案，但是这也并不能使她更安全，除非她尽可能地修改——修改地点、使用混合型角色等。有时候诉讼的威胁往往能让作者放弃整个创作。

如果你觉得你的故事可能在某方面会被起诉，请联系律师。如果请不起，可以尝试联系志愿律师组织。

即使你的故事是基于一百年前的历史事件的，某些人依然会恐吓你。菲利普·杰拉德和他的小说《恐怖角升起》就是一个例子。该小说讲的是在北卡罗来纳州的威明顿市发生的一件臭名昭著的事件。1898 年，一群有钱有势的白人商人发动了一场政变，驱赶了重建的市政府，屠杀了一些黑人居民。杰拉德选择在书中使用真名，这在威明顿引发了争议。大伙儿嚷着要起诉他。杰拉德做了许多作家会做的事情，引起了很多人的不适。但优秀作家也不一定必须避免此事，有时作家的工作就是引起不适，特别是如果他们想彻底清扫这张承载着历史耻辱的地毯。杰拉德说："当我开始写这本书的时候，我没告诉任何人，因为我知道如果在创作的时候我受到了压力，这本小说就会死在襁褓中。"

这也回到了一种理念：由局外作家来写一个地方。通常，在观察的时候，局外人比当局者观察得更透彻、更具洞悉力。

被误读的身份

有时会存在一些离奇的巧合。我以前的一位老师写过一本小说，是关于一位女士的，她的姐姐和姐夫瞒着她，在背后搞破坏，想让她从遗产继承中出局。这都是我老师的虚构，但事实是在现实生活中，她的姐姐和姐夫当时正计划做这件事情。从那以后，她们姐妹俩就再也没说过话了。有时候，就像之前提过的，当你直接进入事情的情感内核时，你的大脑里会不自在地掠过一些事情，你写的与实际情况如此接近。

通常的情况是，别人没意识到自己出现在你的书里。关于这一点，麦迪逊·斯马特·贝尔说道："我的经验是，当我以某个真实的人为原型创作角色时，我会给原型看，确保不出什么问题。那个人会说：'我不介意啊，这写的又不是我。'但多数情况是，别人甚至会觉得那些与他们绝对不相似的角色就是他们自己，而你完全是无心的。一位女士已经生了我好几年的气了，她一口咬定在这本小说中，我写的就是她。而事实是，小说里压根儿就没有女性角色!"

同样的事情在史蒂夫·亚伯勒身上也发生过，虽然他的案例和其他作家的不太一样。其作品描写的地域定义明确，因为他写的故事基本上发生在密西西比州的印第安诺拉或其周边，他在这个小镇里长大。人们买了这本书阅读。他们以前从没读过虚构文学作品，他们读这本小说只是想看看里面有没有他们认识的人。我有一位好多年没联系的高中老师，两个星期前她打电话给我，说读了我的第一本小说。她想向我确认一下，这个角色的原型是不是某某，那个角色的原型是不是某某某。她的证据通常是很荒谬的，比如："我知道这个角色就是某某，因为你写到他身高不止六英尺，他名字的首字母是W。"当你像我一样描写一个有九千人的城镇时，一定会出现很多对号入座的情况。

在大多数情况下，这样的误读或对号入座在法律上是否可行是值得商榷的。你家乡那个生气的邻居需要证明你塑造的角色就是翻版的她，而她因为该角色而蒙受了损失。她同时还需要证明你披露了私人信息。“私人”在此是一个关键词。你可能描写了一个镇民经常在街角酒吧酩酊大醉，然后打架斗殴，因为他是在公共场所做的这些事情，所以他的行为是公之于众的。但如果这个角色酩酊大醉后回家了，然后打他的老婆，或者像怀俄明小姐那样做出一些奇怪的性行为，那么作为原型的他完全可以告作者。毕竟，是怀俄明小姐赢了那场官司。

乞，借，偷

因为写这本书，我采访了一些作家。其中有两位告诉我他们会写自己的朋友或熟人的案例，但是朋友的名字和具体的事件都不会出现在书里。在一个案例中，这个作家以他一个比较熟悉的朋友为原型写了一个故事，在作家看来，这个朋友精神有问题，有点危险。虽然这个朋友会看这本书的概率不大，但作家还是不希望他知道自己被写进了书里。另一个作家讲述了一则逸事。她的小孩被另一个小孩欺负了，当时那个打人的小孩的妈妈还在场。她本来是想批评打人的小孩的，但没有。她朋友，那孩子的妈妈，也没理会。这件事给了她灵感，创作了一个故事，在故事中，作家不想用她朋友的名字，因为她怕朋友可能会把那次事件和这个故事联系在一起，因此动怒。

当谈到获得素材的来源时，我们都有点怯懦。事实是，现实生活是小说的原料，真实的人是生活的原料。你无法避免写真实的人，人们也不希望你去避免。问题在于，小说写的是冲突和秘密。小说写的正是人们不愿面对、了解的那些事物。那么，怎么能避免破坏一段友谊呢？我要强调一下，并不是你写的关于另一个人的所有内容都会激起他的愤怒。通常他们会受宠若惊，原来他们生活中有某样东西是值得写的，很多时候情况是这样。但对于如何维持一段友谊，我的答案是：我也不知道。

有些作家，比如麦迪逊·斯马特·贝尔，如果要写自己的朋友，会向朋友报备。但我打赌，他是一个特例。大部分作家直接就写了，抱着朋友或家人不会介意的侥幸心理。一些作家甚至完全不在乎此事。福克纳曾经说过，作家“无道德可言，为了完成作品，他会从别人那里抢、借、乞、偷，无所不用其极”。

虽然我们并非每个人都像福克纳那么冷血，但作家的确未必是伟大的人道主义者。作家有时会不恰当地认为，他们的抱负几乎能使他们的一切行为正当化。抱负本身并没有错。在某种程度上，还是需要抱负的。但他们未必在乎他们描写你时你的感受，未必在乎他们偷窃你的想法时你的感受。如果你不希望生活中的经历被写进小说，就不要告诉作家，否则你就会自讨苦吃。正如我之前说过的，人生经历是无版权可言的。如果你告诉一个作家有一次你差点溺水，他认为是一个不错的故事，这可别怪他，要怪就怪你自己，谁叫你多嘴呢？

所以，我在这儿给你一个中肯的提醒。在我写不同的故事时，我的伦理观和公正感都会不一样，这取决于我对故事构思的喜欢程度。有时（大多数时候），因为不想使某人尴尬，我会放弃或彻底修改故事的构思，即使我知道除了她本人，没人知道这个角色的原型是她。其他时候，我愿意为一个故事牺牲一段友情。事实上，我做过这样的事。我并不因此开心，因为我不知道这究竟值不值得。也许不值得吧。但当时的我，也许就像本章开头那位说她有一个非讲不可的故事的女士一样，很自私。

做一名作家，同时又不疏远他人，这两点很难同时做到。关于这一点，史蒂夫·亚伯勒说：“我怀疑我们的友谊已经被我第一本书的故事毁掉了。我的这个朋友以前经常打电话给我，但这本书出版一年后，他就再没打电话给我了。他生活在东海岸，但该故事发生在密西西比。尽管如此，我还是觉得他在故事里看到了自己的影子。随后，我们的友谊也不复存在了。说真的，我很难受。我以为我对这个角色的生活细节已经做了足够多的修改，他不会发现。我想，除了他自己，再也不会有任何人会把故事里的角色和他联系起来。”

大卫·赫德尔在《写作习惯：随笔》一书中就说得非常好：

> 我认为作家必须要尽可能规避……麻烦，不能伤害别人的感受。但同时，我也觉得他不能因为别人的想法和感受而停下来或干扰自己的写作。一个人的作品比他家人或朋友的感受更重要，这也是一种自私。自传写作会使你陷入一种处境，你必须在作品和生活两者中做出艰难抉择，不是一次，而是很多很多次。

我希望我能告诉你，如果你很谨慎，人品也好，在你的作品中就不存在伤害别人感受的风险。但是，这一点我想做却做不到。如果人们能在你没打算用他们做原型的角色里看到自己，那么在你有意以他们为原型塑造角色时，你又如何能预判他们对此的反应呢？如果你注定要成为一名作家，你对于写作的欲望一定会驱使你克服所有的顾虑。不管别人怎么想，你都会写你想写的。亚伯勒说：“在商业及其他领域，你不得不做出一些商业行为，有时候这些行为合理，有时候会伤害到他人。”这也是作为一名作家所面临的矛盾。如果你真要摒弃自己和所认识的人的一切经历，那么接下来，你也就没什么好写的了。

当然，有一些案例如果发生在你身上，你恐怕就会放弃了。但我想留给你，用你自己的伦理观去判断。当我在爱荷华州读本科时，一个朋友告诉我一件不久前发生在她身上的创伤性事件。不幸的是，她也把这件事情告诉了写作工坊中的其他几个人。把秘密吐出来之后，她心里也轻松了。这些人里大部分都是可信任的，我也是其中一个，而且我根本没想过要把这件事写进书里。如果以小说形式写出来，它也许会是一大段让人难以消化的六点钟新闻，肮脏污秽，耸人听闻。但我们其中的一位作家，写作工坊里公认的最烂的作家之一，觉得这可以是个非常精彩的故事。然后，他告诉她他准备写出来。她要求他不要写。没办法，他妥协了。但事实是他撒了谎。所以我的朋友去向一位教授抱怨，珍妮·菲尔兹也曾向此人抱怨过。教授对她说了和对珍妮·菲尔兹说的差不多的话：你无能为力了，但你也不要太过担心，这本小说有可能不会出版的。然而，后来这本书出版了，而且搞笑的是，那个作家凭这本书拿到了数额最大的一笔预付款，大到我们都没见过。我们学到了第一课：烂书大卖。这次经历使我的朋友很不开心。我的心情很复杂。我觉得，这个作家告诉她他并没有写她的故事，但事实上他写了，这并不道德。同时，我又觉得写作工坊以外的人其实并不知道这个故事来源于我的朋友。这件事对她造成了精神伤害。所以你该想清楚，你在把故事讲给谁听，谁是你可以信任的。

像黑社会的成员一样，作家一般会尊重对方的地盘。但你不能总是指望这个。要记住，有福克纳的态度（而非他的才华）的作家不胜枚举，这些人很多都认为他们自封的才华能为任何暴行正名。在爱荷华，当我们在讲一则逸事时，很少会在传播的过程中做版权标记。我记得巴里·汉纳曾经告诉过我，当时他是我在爱荷华的老师：作为一名作家，如果你只有一个点子、一点素材，那么你不会有多大的成就。

我经常遇见一些有精彩故事要分享的人，但他们担心，如果自己那神经质的阿姨、生命垂危的妈妈或最好的朋友读到了这些故事，会发生什么事。我不知道他们为什么把故事分享给我。我不一定会借鉴你的生活。但我觉得，在你创作之前就谈论它不是什么好兆头。你的潜意识不会把口述故事和笔述故事区分开来。如果你把故事讲述给我听，也许你就会对这个话题失去兴趣了，你想讲故事的欲望一下子消散了。通常我告诉别人，先写他们那歇斯底里的阿姨、精神不正常的朋友，然后再考虑接下来的事情。如果你的故事对你有意义，对你很重要，那就下笔吧。改装一下，能改多少是多少，然后再决定怎么处理。有时我们在做这些事情的时候会有罪恶感，但如果你下笔的时候慎重一点，如果你认真考虑了本章所说的这些事情，也许创造出来的是一部美妙而复杂的作品。它既探究生活，又为生活欢呼，是一部你和你所有疯狂的朋友都认可的好作品。

“创意写作书系”介绍

这是国内首次系统引进国外创意写作成果的丛书，是关于文学创作的教科书和自学指导。

写作需要天才吗？作家可以教出来吗？文学创作需要什么天赋、才能和技艺？作家的“黑匣子”里到底隐藏着什么样的秘密？如果想自学写作，如何无师自通？如果有几个志同道合的人一起练习写作，如何相互促进？如果有一个作家班，该如何授课？“创意写作书系”为读者提供了一把通往作家之路的钥匙，帮助读者学习写作技巧、克服写作障碍、规划写作生涯。

丛书书目

书名	作者	出版日期	阅读参考
《成为作家》	多萝西娅·布兰德	2011年1月	一般指导
《写好前五页：出版人眼中的好作品》	诺亚·卢克曼	2013年1月	一般指导
《创意写作大师课》	于尔根·沃尔夫	2013年7月	一般指导
《诗性的寻找：文学作品的创作与欣赏》	刁克利	2013年10月	一般指导
《你的写作教练》（第二版）	于尔根·沃尔夫	2014年1月	一般指导
《创意写作教学：实用方法50例》	伊莱恩·沃尔克	2014年3月	一般指导
《作家创意手册》	杰克·赫弗伦	2015年1月	一般指导
《写作是什么：给爱写作的你》	克莉·梅杰斯	2015年10月	一般指导
《从创意到畅销书：修改与自我编辑》（第二版）	詹姆斯·斯科特·贝尔	2016年1月	一般指导
《开始写吧！：虚构文学创作》	雪莉·艾利斯	2011年1月	虚构写作、练习
《小说写作教程：虚构文学速成全攻略》	杰里·克利弗	2011年1月	虚构写作
《情节！情节！：通过人物、悬念与冲突赋予故事生命力》	诺亚·卢克曼	2012年7月	虚构写作
《畅销书写作技巧》	德怀特·V·斯温	2013年1月	虚构写作
《30天写小说》	克里斯·巴蒂	2013年5月	虚构写作
《故事工程：掌握成功写作的六大核心技能》	拉里·布鲁克斯	2014年6月	虚构写作
《冲突与悬念：小说创作的要素》	詹姆斯·斯科特·贝尔	2014年6月	虚构写作

《情节与人物：找到伟大小说的平衡点》	杰夫·格尔克	2014 年 6 月	虚构写作
《经典人物原型 45 种：创造独特角色的神话模型》（第三版）	维多利亚·林恩·施密特	2014 年 6 月	虚构写作
《写好前五十页》	杰夫·格尔克	2015 年 1 月	虚构写作
《经典情节 20 种》（第二版）	罗纳德·B·托比亚斯	2015 年 4 月	虚构写作
《故事工坊》	许道军	2015 年 5 月	虚构写作
《弗雷的小说写作坊：劲爆小说秘境游走》	詹姆斯·N·弗雷	2015 年 7 月	虚构写作
《弗雷的小说写作坊：让劲爆小说飞起来》	詹姆斯·N·弗雷	2015 年 7 月	虚构写作
《弗雷的小说写作坊：悬疑小说创作指导》	詹姆斯·N·弗雷	2015 年 10 月	虚构写作
《写小说的艺术》	安德鲁·考恩	2015 年 10 月	虚构写作
《开始写吧！：科幻、奇幻、惊悚小说创作》	劳丽·拉姆森	2016 年 1 月	虚构写作
《小说创作技能拓展》	陈鸣	2016 年 3 月	虚构写作
《故事力学：掌握故事创作的内在动力》	拉里·布鲁克斯	2016 年 4 月	虚构写作
《开始写吧！：推理小说创作》	雪莉·艾利斯	2016 年 7 月	虚构写作
《小说创作谈：重思关于写作技艺的传统观念》	大卫·姚斯	2016 年 10 月	虚构写作
《开始写吧！：非虚构文学创作》	雪莉·艾利斯	2011 年 1 月	非虚构写作、练习
《故事技巧：叙事性非虚构文学写作指南》	杰克·哈特	2012 年 7 月	非虚构写作
《一年通往作家路：提高写作技巧的 12 堂课》	苏珊·M·蒂贝尔吉安	2013 年 5 月	非虚构写作
《写作法宝：非虚构写作指南》	威廉·津瑟	2013 年 9 月	非虚构写作
《写出心灵深处的故事：非虚构创作指南》	李华	2014 年 1 月	非虚构写作
《回忆录写作》（第二版）	朱迪思·巴林顿	2014 年 6 月	非虚构写作
《开始写吧！：影视剧本创作》	雪莉·艾利斯	2012 年 7 月	剧本写作、练习
《好剧本如何讲故事》	罗伯·托宾	2015 年 3 月	剧本写作
《写我人生诗》	塞琪·科翰	2014 年 10 月	诗歌写作
《网络文学创作原理》	王祥	2015 年 4 月	网络文学写作
《写作魔法书：让故事飞起来》	加尔·卡尔森·莱文	2014 年 6 月	虚构写作
《写作魔法书：妙趣横生的创意写作练习》	白铅笔	2014 年 6 月	练习

图书在版编目（CIP）数据

从生活到小说：第二版/（美）罗宾·赫姆利（Robin Hemley）著；郑岩芳等译.—北京：中国人民大学出版社，2018.1
（创意写作书系）
书名原文：Turning Life into Fiction
ISBN 978-7-300-25052-6

Ⅰ.①从…　Ⅱ.①罗…　②郑…　Ⅲ.①小说创作-创作方法　Ⅳ.①I054

中国版本图书馆 CIP 数据核字（2017）第 254670 号

创意写作书系
从生活到小说（第二版）
[美] 罗宾·赫姆利（Robin Hemley）　著
郑岩芳　冯芃芃　等 译
郑岩芳　校

出版发行	中国人民大学出版社		
社　　址	北京中关村大街 31 号	**邮政编码**	100080
电　　话	010－62511242（总编室）		010－62511770（质管部）
	010－82501766（邮购部）		010－62514148（门市部）
	010－62515195（发行公司）		010－62515275（盗版举报）
网　　址	http://www.crup.com.cn		
	http://www.ttrnet.com(人大教研网)		
经　　销	新华书店		
印　　刷	北京联兴盛业印刷股份有限公司		
规　　格	145 mm×210 mm　32 开本	**版　　次**	2018 年 1 月第 1 版
印　　张	7.5 插页 2	**印　　次**	2018 年 1 月第 1 次印刷
字　　数	168 000	**定　　价**	35.00 元
